Tucholsky Wagner Zola Scott Sydow Freud Schlegel
Turgenev Wallace Fonatne

Twain Walther von der Vogelweide Fouqué Friedrich II. von Preußen
Weber Freiligrath Frey

Fechner Weiße Rose von Fallersleben Kant Ernst Frommel
Fichte Richthofen

Fehrs Engels Fielding Hölderlin
Faber Flaubert Eichendorff Tacitus Dumas

Feuerbach Maximilian I. von Habsburg Fock Eliasberg Zweig Ebner Eschenbach
Ewald Eliot Vergil

Goethe Elisabeth von Österreich London

Mendelssohn Balzac Shakespeare Dostojewski Ganghofer
Trackl Lichtenberg Rathenau Doyle Gjellerup
Stevenson Hambruch

Mommsen Tolstoi Lenz Droste-Hülshoff
Thoma Hanrieder

Dach Verne von Arnim Hägele Hauff Humboldt
Reuter Rousseau Hagen Hauptmann Gautier
Karrillon Garschin

Damaschke Defoe Hebbel Baudelaire
Descartes

Wolfram von Eschenbach Schopenhauer Hegel Kussmaul Herder
Bronner Darwin Dickens Rilke George
Melville Grimm Jerome
Campe Horváth Aristoteles Bebel Proust

Bismarck Vigny Barlach Voltaire Federer Herodot
Gengenbach Heine

Storm Casanova Tersteegen Grillparzer Georgy
Chamberlain Lessing Langbein Gilm Gryphius
Brentano Lafontaine

Strachwitz Claudius Schiller Kralik Iffland Sokrates
Katharina II. von Rußland Bellamy Schilling
Gerstäcker Raabe Gibbon Tschechow

Löns Hesse Hoffmann Gogol Wilde Vulpius
Luther Heym Hofmannsthal Gleim
Roth Klee Hölty Morgenstern Goedicke
Heyse Klopstock

Luxemburg La Roche Puschkin Homer Kleist
Machiavelli Horaz Mörike Musil
Navarra Aurel Musset Kierkegaard Kraft Kraus

Nestroy Marie de France Lamprecht Kind Kirchhoff Hugo Moltke

Nietzsche Nansen Laotse Ipsen Liebknecht
Marx Lassalle Gorki Klett Ringelnatz
von Ossietzky May vom Stein Lawrence Leibniz

Petalozzi Irving
Platon Pückler Knigge
Sachs Poe Michelangelo Kock Kafka
Liebermann Korolenko

de Sade Praetorius Mistral Zetkin

Der Verlag tredition aus Hamburg veröffentlicht in der Reihe **TREDITION CLASSICS** Werke aus mehr als zwei Jahrtausenden. Diese waren zu einem Großteil vergriffen oder nur noch antiquarisch erhältlich.

Symbolfigur für **TREDITION CLASSICS** ist Johannes Gutenberg (1400 — 1468), der Erfinder des Buchdrucks mit Metalllettern und der Druckerpresse.

Mit der Buchreihe **TREDITION CLASSICS** verfolgt tredition das Ziel, tausende Klassiker der Weltliteratur verschiedener Sprachen wieder als gedruckte Bücher aufzulegen – und das weltweit!

Die Buchreihe dient zur Bewahrung der Literatur und Förderung der Kultur. Sie trägt so dazu bei, dass viele tausend Werke nicht in Vergessenheit geraten.

Vorgesichte

Ernst Willkomm

Impressum

Autor: Ernst Willkomm
Umschlagkonzept: toepferschumann, Berlin

Verlag: tredition GmbH, Hamburg
ISBN: 978-3-8424-1234-7
Printed in Germany

1 Die heimkehrenden Schiffer

Es war um die Zeit der Herbst-Tagundnachtgleiche. Das Wetter begann schon unbeständig zu werden, und wiederholt stellten sich sogenannte fliegende Stürme ein, die indes nur von kurzer Dauer waren. In großen Schwärmen verließen die Zugvögel ihre Sommersitze, um wärmere Himmelsstriche aufzusuchen. Freunden der Natur gewährte es Zerstreuung und Genuß, namentlich die Geschwader der fortziehenden Störche zu beobachten. In den fetten Marschen der Westküste Schleswigs, wo diese Vögel in großer Menge während der guten Jahreszeit nisten, halten sie regelmäßig vor ihrem Auszuge förmliche Beratung. Die Bewohner dieser Landstriche wissen es immer einige Zeit vorher, wenn sich ein neues Storchgeschwader zum Zuge nach Süden rüstet. Dann kommen die seltsam klugen Vögel von allen Seiten unter lautem Geklapper herangerauscht, lassen sich in einer Binnendeichswiese nieder und beginnen in regelmäßigen Kreisen, meistens nur auf einem Beine stehend, die Reiseroute zu besprechen, d. h. zu beklappern. Haben sie sich geeinigt, so gibt ein noch lauteres Geklapper das Signal zum Abzuge. Wie ein Sturmwind rauscht der Schwarm hoch in die Luft, zerteilt sich hier in breite Geschwader, ordnet sich auf- und niedersteigend, und fliegt dann, ein langschenkliges Dreieck bildend, dessen Spitze nach vorn gekehrt ist, über die Watten hinaus nach der brandenden See.

Nach dem Wegzuge der Störche berechnen die Küsten- und Inselbewohner den früheren oder späteren Eintritt des Winters. Wie alle derartige Berechnungen trügt auch bisweilen der Abzug der Störche, in einer Beziehung aber können sie für die zuverlässigsten Propheten gelten. Man darf annehmen, daß es viele Stürme im Herbste geben wird, wenn die Störche sich zeitig zum Aufbruch rüsten. Und da Küstenbewohner weit mehr von Sturm und Flut abhängen als andere Menschen, so ist es für sie immer von Wichtigkeit, auf die Zeichen acht zu haben, welche stürmische Witterung als nahe bevorstehend verkündigen.

Zwischen Heverknobs Westbrandung und Seesand in der breiten Reutertiefe flog bei guter Brise ein schlankgebautes Fahrzeug, das drei Segel führte, von der hohen See herein. Vor der schon niedrigstehenden Sonne stand ein Wall dunkeln Gewölkes, der indes das sanft wogende Meer nicht berührte, sondern einen breiten Saum flimmernder Goldfransen in die langsam auf- und absteigende Flut niederhängen ließ. Süd- und nordwärts brach das Sonnenfeuer in blendender Helle hinter der Wolkenmauer hervor und goß über weite Meeresstrecken, über hohe Sande und über die wunderbare phantastische Inselgruppe der Halligen, die so zauberhaft poetisch und so düster melancholisch die Küsten Schleswigs umgürten, ihre kühle Purpurglut aus. Der Anblick war eigentümlich schön, das Bild, das sich vor dem Auge entrollte, von seltener Großartigkeit. Nur das Leben fehlte ihm. Man hätte sich in die Nähe des Nordpoles versetzt wähnen können, wenn man diese endlose Meeresöde im Westen betrachtete, wo nur die graziösen Schwingen streichender Möwen jetzt wie Silberpfeile, jetzt wie gekrümmte Feuerflammen den rollenden Saum einer grauen Wolke berührten. Nirgends war ein Segel zu sehen, nirgends ein Laut zu hören, außer der springenden Brandung am Heverknob und dem Geschrei der Seevögel, die auf dem weißen Sandrücken des Junge-Jap im Süden Äsung suchten.

Am Bord des Fahrzeuges befanden sich zwei Männer und ein junges Mädchen. Einer der Männer saß am Steuer, der andere richtete die Segel, je nachdem Fahrwasser und Wind dies forderten. Das junge Mädchen hatte auf der schmalen Treppe Platz genommen, die zur kleinen, niedrigen Kajüte hinabführte.

Seeleute sprechen selten viel, wenn sie genötigt sind, auf Wind und Wetter zu achten. Das Fahrwasser, auf welchem die Sloop segelte, gehörte nicht zu den gefahrlosen. Es hatte Untiefen, die jeder Schiffer genau kennen mußte, um sie beim Segeln geschickt zu vermeiden, und namentlich, wenn das Wasser auf- und ablief, d. h. wenn die Zeit der Flut und Ebbe eintrat, bedurfte es doppelter Aufmerksamkeit.

Als die Schiffer Seesand-Street erreicht hatten, zog der Mann am Steuer dieses fest an sich, der andere riß die Schoten[1] herum, brachte die Segel scharf, und heftig schaukelnd, von ein paar springenden Wellen mit salzigem Gischt übersprüht, drehte sich die Sloop,

---

[1] Taue an den Enden der Segel, womit diese gestellt werden, um den Wind bequem fassen zu können.

um mehr südwärts zu segeln. Die Schiffer bogen in die Süderaue ein, wie dieser Arm der zwischen den Inseln in zahlreiche Tiefen, Piepen und Ströme sich spaltenden Nordsee genannt wird.

Ein windartiges dumpfes Brausen machte das Mädchen auf der Kajütentreppe aufblicken. Gerade über das Schiff nach den im Abendglanz der Sonne goldig glühenden Dünenspitzen von Amrum hin strich ein Storchgeschwader. Es zog vorüber wie eine zerflatternde Wolke und war gleich darauf verschwunden.

»Das ist schon der dritte Schwarm seit einer Stunde« sagte Taken Mannis, den verschwindenden Vögeln gleichgültig nachblickend. »Es wird nächstens ein starkes Wehen geben.«

Der mit dem Stellen der Segel Beschäftigte antwortete anfangs nichts; er blickte zuerst seewärts, wandte sich dann nach Osten, und hierauf mit gekreuzten Armen neben dem Bugspriet sich niedersetzend, sagte er:

»Da leuchtet Knudshörn; wir können noch einen halben Strich zu Ost halten.«

»Geht an«, erwiderte Taken Mannis, »in einer Stunde ist Hochwasser, und so laufen wir gerade mit der Flut aufs Hooger Schlütt zu.«

Die Schiffer kehrten vom Fischfange zurück. Es waren Bewohner von Hooge, jener Hallig, die schon längst durch ihre Kirche und ihre hochragenden Gebäude über dem Meere und den weißen Sanden, die daraus hervorschimmerten, sichtbar war. Von dem Sande selbst konnte man nichts sehen. Die Flügel der Windmühlen schlugen, so schien es, bald in die fahlblaue Luft, bald tauchten sie nieder in die langen grauen Wogen.

Jetzt versank die Sonne im Meer. Die Wellen gingen höher und brachten auf den überfluteten Sandwatten jenes sausende Geräusch hervor, das für Seefahrer ein steter Warnungsruf ist. Das Jap war beinahe ganz mit weißem Brandungsschaume bedeckt. Es schien, als koche die See, so sprühte und brodelte auf dem unabsehbaren Sande die Flutwelle.

Da der Wind gleichzeitig lebhafter ward, sahen die Segelnden außer dem hohen Dünenzuge von Amrum und den steilen, kegelartig gestalteten Wohnungen auf Hooge, Nordmarsch und Langeneß oft nichts als ein graues, wallendes Meer. Nur zuweilen, wenn die Sloop von einer breiteren Welle emporgehoben ward, entdeckten sie den braunroten Stumpf der alten Kirchenruine auf der Insel Pellworm.

Die Sterne funkelten bereits durch leichte Haufenwolken, als die Sloop in das Schlütt einlief Hier war das Wasser ruhiger, die Wellen waren kürzer und bald lag das Fahrzeug fest vor Anker. Nah und fern glänzten Lichter, die in der Luft zu schweben schienen. Überall blökten Schafe, dazwischen hörte man das Gebrüll von Kühen. Menschen sah man nirgends am flachen Rande des Schlütt, in dessen schlammiger Einfassung Sumpfgevögel Geschrei ausstieß und unruhig hin und wieder flatterte.

Nachdem die beiden Männer ihre Netze und andere Gerätschaften ans Land geschafft hatten, wobei das Mädchen ihnen hilfreiche Hand leistete, schlugen sie einen kaum sichtbaren Fußpfad ein. Er führte durch äußerst kümmerlichen Graswuchs und über sehr holprigen Boden nach einer Warft, die in der nächtlichen Dämmerung einem breiten Berge glich, dessen Gipfel eine vielgetürmte Ritterburg mit seltsam geformten Zinnen und Spitzen trug. Am Fuße der Warft verlor sich das Phantastische dieses Anblicks. Es zeigte sich nichts mehr und nichts weniger, als ein nach friesischer Art gebautes Haus mit sehr steilem und hohem Dache. Daneben eine Scheuer oder Vorratshaus von gleicher Konstruktion, und mehrere konisch geformte Heuschober, aus denen das Ende noch höherer Stangen emporragte. Am Abhange der breiten Warft sprangen angepflöckte Schafe, fortwährend melancholisches Geschrei ausstoßend, an ihren Ketten oder Stricken.

»Seid ihr's, Jens und Taken?« rief jetzt von der Höhe der Warft herab eine etwas heisere Stimme, und ein hoher, breitschultriger Mann ward sichtbar auf den Stufen, die zu dem Hügel hinaufführten. »Habt sicher wenig gefangen.«

»Wenn du willst, nichts, Vater«, erwiderte Jens, der Jüngere, »umsonst aber war unsere Fahrt doch nicht. 's ist uns was Merkwürdiges passiert.«

Nicol Mannis, ein alter Halligmann, war inzwischen die Warft schon zur Hälfte hinabgestiegen und begrüßte zuerst das junge

Mädchen, das ihm mit schnellen Schritten entgegenlief. Sie hatte die Brüder begleitet, nicht weil es nötig war, sondern aus Neugierde. Lange schon war es ihr Wunsch gewesen, einmal mit auf den Fischfang zu gehen.

»Friert dich, Karen?« redete der Vater sein Kind an, als er die kalten Hände der leicht Zitternden ergriff, die ihn herzlich umarmte.

»Es mag wohl sein, Vater«, versetzte Karen. »obwohl ich nichts merke vor Kälte.«

»Aber du zitterst.«

»Das macht die Angst«, warf Taken, der ältere Bruder ein.

»Angst?« wiederholte mißbilligend Nicol Mannis. »Eine Halligtochter kennt keine Angst. 's müßt' nicht mein Kind und euere Schwester sein, wenn sie Angst hätte. Nicht wahr, lütt Karen?«

»Ich hab' mich auch nur verfehrt«, sagte das Mädchen, an der Hand des Vaters, der seinen linken Arm schützend um sie schlug, die Warft vollends hinaufschreitend.

»Verfehrt?« wiederholte Nicol Mannis in noch verwunderterem Tone. »Habt ihr fest gesessen auf einem der Gründe?«

»Dann würde unsere Sloop wohl nicht geborgen im Schlütt liegen«, erwiderte Taken. »In der Außensee wehte es frisch den ganzen Tag, und hätten wir uns festgesegelt, so wäre jetzt gewiß keine Planke mehr ganz an unserem Fahrzeuge. Ich sagt's ja schon, 's ist uns was passiert.«

»Was?« fragte Nicol gebieterisch, auf der obersten Stufe der Warft stehenbleibend und sich umkehrend zu seinen Söhnen. Er hielt die schlanke, hoch gewachsene Tochter fest umschlungen, und seine mehr harten als milden Züge blickten streng auf die Söhne.

»Du sollst es gleich erfahren«, sagte Jens, »bring nur lütt Karen erst unter Dach.«

Nicol Mannis verharrte noch einige Augenblicke in seiner Stellung, das Antlitz dem Meere zugekehrt, auf das jetzt die Schatten der Nacht immer dichter herabsanken.

»Die Flut leuchtet«, sagte er dann, die Hand nach Westen ausstreckend.

»Seht dort! Es sprüht über dem Watt nach Norderoog, als spielten die Nixen und Meerweiber mit ihrem Geschmeide. 's wird eine steife Kühlte geben die Nacht.«

Ein scharfer Windstoß fuhr über den Kopf des alten Mannes und zerzauste seine grauen Haare. Lauter schlug die Brandung an das flache Gestade der Halligen, und ein dumpfes Rollen verhallte über dem dunkeln, nur hie und da von mattem Schimmer durchleuchteten Meere.

Alle traten in die gegen Südost sich öffnende Tür des geräumigen Wohnhauses, auf dessen Flur jetzt, eine Lampe in der Hand, die Mutter erschien und den heimkehrenden Kindern freundlich zunickte.

2 Auf der Warft

Nicol Mannis war früher Seemann gewesen. Auf seinen jahrelangen Reisen hatte er sich ein artiges Vermögen verdient, das er nun, wie dies uraltes Herkommen bei allen Uthlandsfriesen ist – so nennt man insgemein sämtliche Bewohner des Archipelagus der Westsee – auf seiner heimatlichen Hallig in Ruhe verzehren wollte. Der wetterharte Seemann entschloß sich indes erst zu diesem Schritte, als er das Schiff, das unter seinem Kommando stand, in einem fürchterlichen Sturme auf dem Atlantischen Ozeane verloren hatte, und bei dieser entsetzlichen Katastrophe wie durch ein Wunder gerettet worden war. Dies letzte Erlebnis während seiner Seereisen, von dem er selten sprach, mußte von grauenvollen Vorgängen begleitet gewesen sein. Wenigstens war Nicol Mannis, ein Mann von kaltem Blut und unerschrockenen Herzens, seit jenem traurigen Erlebnis auffallend alt geworden. Glücklich auf Hooge gelandet, verließ er die Hallig nicht mehr. Er lebte in jener geschäftigen Untätigkeit, die man häufig bei alten Seeleuten findet und die meistenteils nur in einem Betrachten des Meeres, einem Beobachten von Wind und Wellen, in rastlosem Auslugen nach jedem Stückchen Leinwand, das am fernen Horizonte sichtbar wird, besteht.

Ruhe freilich und die friedliche Stille einer in jeder Beziehung gesicherten Häuslichkeit, wie der Binnenländer sie für die späteren Jahre seines Lebens begehrt, fand der alte Mannis nicht auf seiner Warft. Wahrscheinlich wäre ihm damit auch nicht gedient gewesen. Der Halligbewohner schwebt nämlich immer in Gefahr, plötzlich von der Tücke der wilden See überrascht zu werden und ihrem Grimme zu erliegen. Er kann gegen die unbezwingliche Flut, wenn der West sie aufwühlt, nicht kämpfen. Nur ein passiver Widerstand, furchtloses Ausharren können ihn im glücklichsten Falle retten. Gerade diese Gefahr aber, die er stets vor Augen sieht, läßt ihn wohl die Untätigkeit leichter ertragen, weil sie seinen Geist und seine Phantasie beschäftigt.

Es war ein gar freundlicher Raum, den jetzt der alte grauköpfige Mann mit seinen drei Kindern betrat. Alles sah sauber, blank und glänzend aus. Das Mobiliar des nicht sehr hohen, oblongen Zimmers hätte einen städtischen Salon nicht verunziert. An den mit weißen, sehr zierlichen Kacheln gleichsam tapezierten Wänden hingen Abbildungen segelnder Schiffe. Auch der Untergang eines Dreimasters auf stürmischem Meere befand sich darunter. Es stellt dies Bild den Schiffbruch der Fregatte dar, welche Nicol Mannis das Seemannsleben verleidet hatte. Es war von nicht ungeschickter Hand nach seinen eigenen Angaben gemalt. In dem weißen, niedrigen Kachelofen, dessen Oberteil mit einer glänzenden Messingplatte geschlossen war, brannte ein stilles Torffeuer. Die Nordseite des Zimmers war von blütenweißen Gardinen umfaltet, hinter denen nach altfriesischer Sitte die Lagerstätte des Hausherrn und seiner Gattin, in die Wand hineingebaut, sich befanden.

Die mittelgroßen, beinahe viereckigen Fenster, in hellgrün gemalte Rahmen eingefaßt, waren noch nicht durch Wetterläden geschlossen. Man überblickte daher die ganze Hallig nach Süd und West und bemerkte eine Anzahl gelbroter Lichtpunkte, die wie stille Irrlichter über der magern Erdscheibe schwebten. Sie zeigten die Wohnungen anderer auf den hohen Warften liegender Halligleute an.

Frau Ellen, die Gattin des alten Kapitäns, hatte schon den abendlichen Teetisch gedeckt. Jetzt setzte sie weißes Feinbrot auf nebst Butter, und Zucker in einer wertvollen Dose aus getriebenem Silber.

Jedes Mitglied der Familie nahm seinen Platz ein. Dann sagte Nicol, an alle drei Kinder sich gleichzeitig wendend:

»Nun laßt hören, was euch passiert ist?«

Diese Frage ward kühl und durchaus nicht in einem Tone getan, welcher Neugierde durchblicken ließ. Nicol Mannis fragte wie jemand, der nur den Grund einer geschehenen oder unterlassenen Handlung erfahren will und ein Recht dazu hat.

»Wir hatten uns auf der Landtiefe vor Anker gelegt«, nahm der älteste Sohn Taken das Wort. »Die See rollte leichte Wogen, die Sonne brach ab und zu durch das niedrig ziehende Gewölk. Im Ost waren uns die Dünen von Amrum gerade in Sicht, nordwärts schimmerte wie ein weißlicher Nebel die Sandeinöde der Sylter Südspitze. Schon hatten wir uns ein paar Stunden lang vergeblich abgemüht, ohne einen erträglichen Fang zu machen; Jens meinte, wir täten besser, weiter landwärts zu segeln und bei Kapitäns Knob unser Netz auszuwerfen. Ich stimmte bei, wir holten den Anker ein und drehten ab. Kaum waren wir abermals mit unserer Arbeit beschäftigt, als es dunkler und immer dunkler ward. Eine Bö aus Südwest zu Süd machte das Meer schäumen, wir mußten die Segel einnehmen; die Luft sah aus, als werde ein Sturzregen sich über uns entladen. Es fiel aber kein Tropfen. Die Wolken verzogen sich bald wieder, brachen sich an den Amrumer Dünen, und der blaue Himmel blickte alsbald wieder auf uns herab. Recht hell wollte es jedoch nicht werden. Als dämmere der Abend, geradeso sah das Meer aus, und die Luft blieb undurchsichtig, obwohl es nicht nebelte. Karen fiel diese Dämmerung früher auf als uns Brüdern, die wir hart arbeiteten. Sie sprach darüber und meinte, es könne uns doch wohl noch ein schweres Wetter überfallen. Ob es nicht besser sei, weiter in See zu gehen? Beinahe hätten wir uns bestimmen lassen, da blieben wir alle drei wie versteinert stehen und unser Netz spülten die Wogen fort.«

»Was versteinerte euch?« fragte der Vater.

»Ich kann's nicht sagen, was es war, und doch sah ich's, so deutlich wie dich und die Mutter.«

»Und wir sahen es auch«, bekräftigten Jens und Karen zugleich.

»Es war ein Ding, wie ein rollender Nebel«, fuhr Taken fort, nachdem der Vater den andern beiden durch einen Wink Schweigen geboten hatte. »Das Ding strich gegen den Wind gerade von Hörnum auf uns zu. Es konnte eine Wolke sein, wie die Sonne sie in den Dünentälern ausbreitet. Solche Wetterwolken haben ihren eigenen Wind bei sich und können steuern, wie sie wollen. Auf einmal aber sahen wir, daß es ein Schiff war, ein Dreimaster, just so groß, wie der hinter dir an der Wand. Ins Vormarssegel waren zwei Reefe geschlagen, das große Bramsegel aber blähte sich in seinen Nockbändseln voll im Winde. Alles war steif backgebraßt, und das Fahrzeug rauschte auf uns zu, daß die Wogen schäumend am Buge hinaufliefen. An der Gaffel wehte die dänische Flagge und unter der Gallion erkannten wir deutlich den Namen »Der indische Nabob«.

»Mein Fregattschiff, das ich verlor?« unterbrach hier Nicol Mannis seinen Sohn, sich die Haare aus der runzligen Stirn streichend und ernst den Erzählenden anblickend.

»Das Schiff hieß geradeso«, fiel Jens, der jüngere Sohn, ein, »auch war's genauso getakelt, wie das verunglückte.«

»Ich hielt unsere Sloop scharf seewärts, die Fregatte glitt vorüber, kaum aber sahen wir ihren Hintersteven, da zerrann auch das Ding, und die Luft klärte sich wieder auf. Karen fror, daß ihr die Zähne klapperten. Das bedeutet auch nichts Gutes, meinte sie, und trieb zur Heimkehr. Uns war auch wunderlich dabei zumute, und da wir doch kein Glück hatten, drehten wir ab, und liefen mit halbem Winde südwärts.«

Nicol Mannis sah nachdenklich vor sich hin. Ellen störte ihn auf aus diesem Grübeln.

»Ich begreife nicht«, sagte die einfache, klar verständige Frau, »wie du über ein Wolkenspiel, deren es alljährlich in unserer Gegend so viele gibt, dir Gedanken machen kannst. Haben wir nicht schon mehrmals um die Zeit der Dämmerung segelnde Schiffe gerade über die Hallig steuern gesehen, ohne daß es Meerwasser gab, das sie tragen konnte? Es waren pure luftige Dünste, die gewöhnlich schnell zerrannen. Solch ein Dunst ist's auch gewesen, der die Kinder getäuscht hat.«

»Will's gern glauben, Frau«, erwiderte Nicol, »nur vergiß nicht, daß ich ein Halligmann bin und du ein Kind der festen Welt. Wir haben zweierlei Augen, mit denen wir die Dinge um uns her in verschiedener Weise betrachten. 's wär' also möglich, daß es mehr auf sich hätte, als du meinst!«

»Man muß nicht darauf achten«, bemerkte Ellen.

»Hast gut reden, lieb Weib«, entgegnete Nicol, »hättest du aber erlebt, was ich mit angesehen habe in der Spanischen See, ein halb Jahr vor meinem Schiffbruche auf dem »indischen Nabob«, du würdest bald genug alle Segel einnehmen und dich gefangen geben einem Glauben, den keiner wegschwatzen kann.«

»Du hast mir noch nie etwas davon erzählt, Nicol«, sagte Frau Ellen, mit Hilfe Karens den Teetisch abräumend. »Warum warst du so zurückhaltend?«

»Weil ich's gern vergessen hätte. Aber ich werd' es nimmer los aus dem Gedächtnis. Und da's nun gerade heute zur Sprache kommt, mögt ihr es denn alle erfahren. Zuvor aber schließt die Läden! Die See geht hohl; wenn ein Sturm aufspringt, findet er alles in Ordnung. Mag heute die Lichter nicht mehr sehen; es könnten Strandlichter sein, deren Leuchten noch niemand Heil gebracht hat.«

Dem Befehle des plötzlich ernst gewordenen Vaters gehorchend, beeilte sich Karen, die Läden zu schließen. Die Wohnung der Halligleute war dadurch um vieles gemütlicher. Und wenn es je einen Ort gibt, der sich zur Mitteilung eines geheimnisvollen Ereignisses oder einer furchtbaren Begebenheit eignet, so bietet das windumrauschte, von der anprallenden Salzwoge des Meeres umbrandete Haus eines Halligmannes auf einsamer Warft gewiß einen solchen dar.

3 Nicols Gesicht in der Spanischen See

Frau Ellen stellte drei Gläser heißen und steifen Grogs auf einem aus Kanton stammenden Teebrett auf den Tisch. Es war dies des alten Seemannes und seiner jungen Söhne gewöhnlicher Trank nach genossenem Abendbrot. Die meisten Bewohner auf den Westsee-Inseln pflegen sich abends einen solchen Slummer, wie man wohl scherzweise sagt, zu gönnen. Das rauhe, häufig wechselnde Wetter und die nebelfeuchte Luft rechtfertigen diese Gewohnheit.

»Es war Mittsommer«, hob Nicol Mannis seine Erzählung an, ein Stückchen Kautabak zwischen seine noch völlig gesunden Zähne schiebend. »Der indische Nabob«, schon oft mit Schätzen vollgestaut, die mehr wie einen zum Nabob hätten machen können, lief mit frischer Brise wohl zwölf Knoten in der Stunde. An Bord alles wohl, auf Deck alles klar. Kein Seemann konnte sich besseres Wetter wünschen. Blieb darum auch, als es Nacht ward, auf Deck. Machte mir immer Vergnügen, wenn die See sprühte und funkelte, als pflüge der Kiel unter den blauen Wellen in gelbgrünem Feuer. Ganze Tonnen voll Brillanten und Türkisen und andern Edelsteinen flogen vom Bug ab und stürzten in funkelnden Lichtschauern auf die dunkelflutenden Wellen.

Die Nachtwache war eben aufgezogen, als ich in Lee ein Segel bemerkte. War aber noch ziemlich weit ab und steuerte nicht meinen Kurs. Konnte aber doch das Besanstagsegel und den Flieger über dem großen Stengenstagsegel durch mein Glas erkennen. Fiel mir diese Segelstellung auf, denn sonst war alles beschlagen; dacht' aber, 's wär' einer von den wilden Schiffern von der afrikanischen Küste her. Eine Stunde verging und ich kam dem Fahrzeuge näher. Es war eine prächtige Schonerbrigg, die jetzt alle Segel aufgesetzt hatte, was ich wieder nicht begreifen konnte. Wie sie nun etwa noch drei Kabellängen von meiner Fregatte entfernt ist, was geschieht? Die Schonerbrigg schwankt hin und her, die Stengen auf der Steuerbordseite berühren die Wellen, und ehe ich mich noch besinnen kann, kentert das Schiff und versinkt spurlos im schäumenden Meer. Zu begreifen war's nicht, was wir sahen – ich, der Mann am Steuer und der wachthaltende Maat. Es sagte keiner von uns was, den Mann am Steuer aber hörte ich seufzen und stöhnen, und mir selber wurde das Atmen ebenfalls schwer.

›Kaptain‹, sagte der Mann – 's war ein Ostfriese von Norderoog – ›Kaptain sollt's wohl ein wirkliches Schiff gewesen sein, was da die See eingeschluckt hat?‹

›Weiß nicht, Mann‹, gab ich zur Antwort, und mein Auge haftete noch immer auf der Stelle, wo ich die Schonerbrigg versinken sah.

›In der Spanischen See ist manchen Schiffer schon was begegnet.‹

Ich stand schweigend auf dem Hinterdeck und sah hinab in die schäumenden Wogen, da sah ich...«

Ein starker Windstoß, der das Haus gleichsam in fester Umarmung schüttelte, unterbrach hier den Erzähler. Nicol Mannis stand auf und untersuchte die Fenster, ob sie auch fest geschlossen seien. Von außen erklang das ängstliche Geblök der Schafe, die man der im ganzen milden Witterung wegen im Freien ließ.

»Wir tun besser, die Schafe im Schauer unterzubringen«, sagte Nicol.»Wenn's Hochwasser gibt und schwere Regenböen, leidet das arme Vieh. Kommt! Sechs Hände schaffen mehr als zwei.«

Diese Worte richtete der alte Seemann an seine beiden Söhne, die schnell ihre Gläser leerten und dem voranschreitenden Vater folgten, um die Schafe mit bergen zu helfen.

»Geschwind, Karen«, sprach die Mutter zu der jungen hübschen Tochter.»Bereite Vater und Brüdern noch einen recht süßen und heißen Slummer. Vater spinnt seinen Faden dann viel besser zu Ende. Nur fürchte dich nicht und sieh dich nicht so ängstlich um, wenn es 'was Schreckliches zu hören gibt. Ich hab' immer gefunden, daß alte Seeleute Geschichten erzählen, die gar nicht passieren können.«

»Aber Vater lügt nicht, Mutter!« fiel Karen ein, den blanken Wasserkessel auf die hell polierte Messingplatte des Ofens stellend. »Und daß auf See entsetzliche Dinge geschehen und unerklärliche Bilder aus der Tiefe aufsteigen, hab' ich doch selber mit angesehen. Du kennst aber die See nicht, Mutter!«

»Kenne sie wohl, mein Kind,« erwiderte Ellen, »aber ich konnte mich nie entschließen, für lange Zeit ein Schiff zu besteigen. Die Schrecken der See hab' ich erlebt, wie ich es dir nicht wünschen mag. Ich sah die brüllenden Sturmwogen unser Haus zerschlagen, und wurde doch nicht ohnmächtig bei diesem Anblicke und bei den treibenden Leichen, die auf den Wellen schaukelten.«

Die Männer kehrten jetzt zurück und nahmen ihre Plätze wieder ein.

»Nun, Vater, was sahest du?« wandte sich Karen mit neugieriger Frage an diesen, indem sie ein volles Glas vor ihn hinsetzte. Nicol erprobte das heiße Getränk, schob ein neues Priemchen in den Mund und fuhr fort:

»Ja, Kinder, wie ich so in die Wogen starrte, die wie von unterirdischem Feuer strahlten und ganz durchsichtig waren, da sah ich, die Gesichter mir zugekehrt, drei Männer, die Hände über der Brust gefaltet, als ob sie beteten, gerade mit dem Schiffe auf dem Meere treiben. Über den Körpern spülten und sprühten die Wellen, die Köpfe aber ragten über das Wasser empor. Die Gesichter waren bleich und farblos, wie die soeben Verstorbener, die Augen aber standen offen, und ihre Blicke hielten sie unbeweglich auf mich gerichtet.«

»O Gott, Vater!« rief Karen aus, ihre Augen mit beiden Händen bedeckend. »Das ist zu furchtbar! Ich sehe die drei Männer mit den Totengesichtern schon auf unser Haus zutreiben.«

»Auch mir pochte das Herz lauter als sonst, mein Kind«, fuhr Nicol in seiner Erzählung fort. »Ein Seemann muß indes auf alles gefaßt sein und sich jederzeit geschwind resolvieren können. Der Ausbruch eines bösen Wetters läßt uns nicht Zeit zu langem Nachdenken. Man muß rasch handeln, sonst gehen alle Masten mit einer einzigen Sturzsee über Bord. Hab's erlebt, daß sechs Mann meiner Equipage auf einmal über Bord gespült wurden, und daß die nachstürzende große Rah zweien mit ihren Nocken die Schädel mitten auseinanderschlug. Es war ein furchtbarer Augenblick für mich, ich mußte aber das Schiff und seine noch übrige Bemannung zu retten suchen, und darum blinzte ich mit den Augen, und rief meine Befehle durchs Sprachrohr in das Wettergeheul hinein, als sei nichts passiert.«

»Du setztest das Boot aus, um sie womöglich zu retten, wenn sie noch am Leben waren?« fragte Jens.

Nicol tat einen kräftigen Zug aus seinem Glase.

»Bei Sankt Patrick, wie die Irländer sagen, das tat ich nicht«, versetzte der Alte. »Und hätt' ich's gewollt, es wäre verlor'ne Müh' gewesen! Die Toten, die mit dem Schiffe trieben, waren keine Toten, sie sollten erst später sterben. – Ich kannte sie, ich hatte eben erst mit ihnen gesprochen! Freilich wollt' ich meinen eigenen Augen nicht trauen, aber ich mußt' es zuletzt doch! – ›Kaptain‹, flüsterte der Mann am Steuer mir zu, und seine Hand fiel schwer auf meine Schulter... ›Kaptain, kennt Ihr das Blaßgesicht da unten? Ich denk', so werd' ich aussehen, ehe das Jahr zu Ende geht.‹

Ich weiß nicht, ob ich dem Manne eine Antwort gegeben habe. Die Zunge klebte mir am Gaumen und ich glaube, meine Hand zitterte, als schüttele mich ein Fieber. – Es war in der Tat das Gesicht, die Tracht, die ganze Figur des Mannes am Steuer. – Die drei Leichen trieben eine nach der andern längs dem Schiffe fort, etwas schneller als dieses segelte. Da rief der Maat auf Wache: Kaptain! – Wie ich mich umkehrte, sah ich den Mann am Bugspriet knien und in die See hinabstieren. Ich ging zu ihm.

›Kennt Ihr den Burschen, Kaptain?‹ fragte der brave Junge, ›der sich jetzt gerade am Bug zu so unpassender Zeit im Salzwasser badet? Wenn's nicht ein verfluchter Wechselbalg ist, bin ich's – Gott verdamm mich, ich selber.‹«

»Entsetzlich!« lispelte Karen. Eine neue Bö rüttelte an dem Hause und klappte mit der äußeren, nicht fest anschließenden Tür.

»Der Bursche sah recht, wie der Mann am Steuer«, erzählte Nicol weiter. »Das Gesicht des dritten Mannes war mir nicht bekannt oder ich konnte die Züge desselben nicht deutlich erkennen. Wohl aber wußte ich, daß wir die Reise ohne Unfall nicht zurücklegen würden.«

»Es war ein Vorgesicht«, sprach jetzt eine wohltönende Stimme, die von der Tür herkam, deren Öffnen die aufmerksam Zuhörenden nicht bemerkt hatten.

»Solche Zeichen gibt's, ich weiß! Der Himmel schickt sie uns, daß wir uns bei Zeiten vorbereiten und unsere irdischen Angelegenheiten in Ordnung bringen sollen. Mein Vater und Großvater hatten bei allen wichtigen Vorkommnissen in ihrem Leben Vorgesichte.«

Karen war längst aufgestanden, um den späten Gast, einen jungen Mann, der eben vom Steuermann zum Kapitän avanciert war und noch vor Ende Oktober die Führung eines holländischen Schiffes nach Ostindien übernehmen wollte, zu begrüßen.

»Du kommst spät, Geike«, sagte das junge Mädchen. »Ich glaubte schon, du würdest heute gar nicht nach mir fragen.«

Geike Woegens drückte Karen an seine Brust. Dann reichte er deren Eltern und Brüdern die Hand zum Gruße. Es war der Verlobte der Tochter des Hauses.

»Hast du gelauscht«, fragte Nicol lächelnd.

»Fast eine Minute«, erwiderte ebenso Geike. »Deine Zuhörer verschlangen deine Worte ja mit solcher Andacht, daß es grausam gewesen sein würde, hätte ich sie gestört. Nun fahr' aber fort, Vater Nicol, damit wir hören, wie die Sachen ausliefen.«

»Du hast es schon ausgesprochen«, erwiderte der alte Kapitän, »es war ein Vorgesicht, und es erfüllte sich, ehe das Jahr zu Ende ging. ›Der indische Nabob‹, mein prächtiges Fregattschiff, kehrte mit reicher Ladung aus Brasilien zurück. Bei den Azoren überfiel uns mit Blitzesschnelle, mitten in der Nacht, der Orkan. Ehe es möglich ward, die Segel zu reffen, hatte die Wucht des Sturmes mein Schiff schon auf die Seite gedrückt. Eine fürchterliche Woge spülte darüber hin. Es hob sich zwar wiederum, nun aber splitterte ein zweiter Stoß den Fockmast. Er brach und fiel über Bord mit allem Tauwerk, das ihn hielt. Da war keine Rettung mehr; der große Mast und der Besan folgten mitsamt dem ganzen Schiffsrumpfe. Ihrer zwölf retteten wir uns auf die strudelnden Trümmer. Wir wurden wunderbar erhalten. Während der ganzen ersten Nacht aber trieben auf dem wild brüllenden Meere drei Leichen mit uns, ganz so, wie ich sie gesehen hatte in der Spanischen See. Die eine war mein Steuermann, der Ostfriese, die andere der Maat, der in jener Nacht die Wache hatte. Die dritte Leiche gehörte dem einzigen Passagiere an, den wir in Rio an Bord genommen. Es war ein Kaufmann aus Portugal, der in sein Geburtsland zurückkehren wollte. Wie er hieß, weiß ich nicht. Ich hatte nicht nach seinem Namen gefragt.«

Die Zuhörer saßen einige Minuten lang still, Nicol Mannis heftete seine blaugrauen klaren Augen auf das Wrack des Schiffes, bei dessen Untergange das eben Erzählte vorgefallen war. Taken brach zuerst das Schweigen.

»Ist dir schon ein Wiedergänger[2] vor Augen gekommen?« fragte er den ernst gewordenen Vater.

»In meinen jungen Jahren glaub' ich deren zwei gesehen zu haben«, versetzte dieser.

»Hier oder anderwärts?« fiel Jens ein.

»Wiedergänger gibt's nur an der Westsee«, sagte Nicol. »Die junge Welt und die Festlandsmenschen spotten darüber, aber die Sache hat und behält dennoch ihre Richtigkeit. Es lebt auf allen Inseln und Halligen kein Seemann, der nicht in seinem Leben einem Wiedergänger begegnet wäre. Mein Vater sah seinen eigenen Bruder nach vielen Jahren wieder, als er am Strande allein spazieren ging, und mich besuchte der treueste Freund meiner Jugend. Er kam um in einem Sturme, der das Schiff, auf welchem er als Vollmatrose diente, an die Goodwin-Sands schleuderte.«

»Wie begegnete er dir?« fragte Taken.

»Ganz in der Gestalt eines Menschen, der eben aus dem Wasser gezogen wird. Seine Kleider trieften, die Haare hingen ihm feucht ums Gesicht, die Augen sahen mich traurig und als ob er mich um etwas bitten wollte, an. Sein Gang war der eines gewöhnlichen Menschen, nur schwebender und geräuschlos. Als ich ihn anrief, zerrann das Bild in der Luft, und ein Klageton zitterte das einsame Gestade entlang.«

»Dann sind uns heute Mittag vor Kapitäns Knob Wiedergänger begegnet«, fiel Jens ein. »Ihr saht doch wohl die fahlen Gesichter mit den lang herabhängenden Haaren?« fuhr er fort, seinen Geschwistern sich zuwendend. »Der eine hing in den Wanten des Fockmastes, der andere stand am Steuerrad. Ihre Kleidung triefte von Wasser, und als das Schiff vorübersegelte, zerronnen sie zuerst in der mattnebligen Luft.«

---

[2] Wiedergänger nennen die Uthlandsfriesen Ertrunkene, welche dem Volksglauben zufolge ihren Anverwandten oder Freunden, triefend von Wasser, später und zwar oft erst nach Jahren begegnen.

»Es war so, wie Jens sagt«, sprach Karen, ihren Verlobten fester umarmend und ihr Gesicht an seiner Brust bergend. »Das Auge des Mannes am Steuer war so fest auf mich gerichtet, daß ich vor Furcht laut aufschrie.«

»Und den Namen des Schiffes konntet ihr deutlich erkennen?«

»Wir sahen ihn alle drei zugleich«, versetzte Taken.

Nicol Mannis schüttelte den Kopf

»Mich dünkt«, nahm er nach einer abermaligen Pause das Wort, während welcher die ungläubige Mutter besorgte Blicke mit Karen wechselte, »mich dünkt, euer Begegnis soll uns allen eine Warnung sein. Wiedergänger bringen nichts Böses, sie zeigen sich uns, damit wir Vorkehrungen gegen ein drohendes Unglück treffen. Auch zeigen sie böses Wetter, hohe Fluten, verheerende Stürme an. Am meisten müssen wir uns vor dem Orte hüten, wo sie uns begegnen. Solche Orte werden uns gefährlich. Wenn ihr also wieder in See geht, dann legt euch nicht im Angesicht der Amrumer Dünen vor Anker! Die dortigen Gründe und Schwellen sind ein gefahrvolles Fahrwasser. Eine plötzliche Regenbö kann euch rettungslos auf Sandbänke werfen, wo ihr verhungert oder ertrinkt, eh' ein anderer Schiffer euch entdeckt. Das ist's, was das Nebelschiff mit seiner stummen Bemannung, in der ich wohl meinen ostfriesischen Steuermann und meinen Maat vom ›indischen Nabob‹ wiedererkannt haben würde, euch hat andeuten wollen.«

Ellen machte einen Versuch, die Behauptung ihres Gatten zu bestreiten. Das war aber kein leichtes Unternehmen, denn Nicol Mannis hing an dem mit der Muttermilch eingesogenen Aberglauben seiner Landsleute so fest, wie an den Aussprüchen des Evangeliums. Auch stand die vorurteilsfreie Festlandsfriesin mit ihrer Ansicht ganz allein. Ihre Kinder, desgleichen ihr künftiger Schwiegersohn schlossen sich, als echte Uthlandsfriesen, unbedingt dem Vater an. Und als Geike Woegens ziemlich spät die Warft verließ, waren die Zurückbleibenden fester denn je überzeugt, daß sie von mitleidigen Wiedergängern vor einem ihnen bevorstehenden Unfalle gewarnt worden seien.

4 Fahrt nach dem Wrack

Am nächsten Morgen verließ Nicol Mannis schon mit Sonnen-aufgang sein Haus. Der erste Blick des alten Seemannes war auf die Windfahne gerichtet, die er auf einem Giebel des Hauses in Gestalt eines segelnden Schiffes angebracht hatte. Sie zeigte dick West. Hierauf umschritt Nicol die ganze Warft, oft ausblickend nach der Binnen- und Außensee. Noch gewahrte man nirgends ein Segel. Der Wind hatte sich gelegt, und da die Flut eben erst aufzulaufen be-gann, lagen die endlosen Watten noch größtenteils trocken. Die Morgensonne warf glührote Lichter über Sand- und Schlickwatten, so daß der Meeresboden stellenweise von dunkeln Feuerwogen durchflutet zu sein schien. Den seltsamsten Anblick aber boten jetzt die Halligwohnungen dar. Manche der entfernter gelegenen glichen Zuckerhüten oder Bienenkörben, um deren Borde das Sonnenlicht in goldglitzernden Strahlen sich brach. Andere hoben sich zugleich mit ihren Warften wie breite Opferaltäre aus dem Meere, noch an-dere konnte man für ungeheure Bausteine halten. Eine Reihe von der Sonne angeglühter Felszacken abenteuerlichster Gestalt schloß im Süden dies eigentümliche Seepanorama.

Ganze Heere von Möwen schwebten hier über grauen Watten-feldern oder stiegen in regelmäßigen Pausen über den Prielen auf und ab, die jetzt von den hereinbrausenden Flutwogen mit silbernen Brandungen sich füllten. Nicol Mannis beobachtete dies Leben auf dem Meere geraume Zeit. Obwohl es dem Kapitän nichts Neues war, beschäftigte es ihn doch immer noch und erquickte sein See-mannsauge wie sein Herz. Hörte er das Rauschen der Flut, dann zog es ihn unwiderstehlich hinunter von der Warft. Er mußte das Rollen, Schäumen und Springen der dunkelgrünen Wogen sehen, die zu ununterbrochener Reihe gegen den Grasbord der Halligen brandeten; der weiße Schaum einer springenden Welle mußte ihn benetzen, sonst war er nicht ruhig, nicht zufrieden. Hatte er aber den Duft der See mit vollen Zügen eingezogen, dann stieg er wieder die Warft hinauf setzte sich ans Fenster, nahm seinen Dollond und beobachtete durch das treffliche Fernrohr, ohne das er keine Stunde leben konnte, die verschiedenen Seepfade, die aus der Binnensee zwischen Halligen, Halliggründen, Sandbänken und Untiefen auf das hohe Meer hinausfuhren.

Nach seiner Gewohnheit lehnte sich Nicol Mannis an die Umfriedigung, die sein guterhaltenes Haus umgab. Ihn fesselte nichts als das Meer, die Segel, die sich nah und fern zeigten, die Richtung, welche vom Süden her kommende Küstenfahrzeuge einschlugen, und ihre Bauart und Takelage.

Heute schien Nicol noch mehr als gewöhnlich in die Betrachtung des Bildes vertieft zu sein, das er seit Jahren jeden Tag wiedersah und so genau kannte. Die Stimme seiner jugendlichen Tochter störte ihn in seinem Sinnen und Träumen.

»Vater«, redete Karen ihn an, »wenn Geike nach Tönningen reist, um sein Schiff zu übernehmen, darf ich ihn dann begleiten?«

Nicol bewegte kaum merklich das Haupt. Diese Bewegung war aber eine beistimmende.

»Will euch selber durch die Halligen steuern«, versetzte er. »Hab' zu lange still gesessen, wird mir eine Mütze voll Seewind gut tun. Wann gedenkt Geike zu reisen?«

»In zwei oder drei Tagen.«

»Sollte ein paar Tage länger warten.«

»Weshalb?«

»Es ist dann gerade Neumond. Da wechselt gern der Wind.«

»Das Schiff ist befrachtet und muß in See gehen.«

»Kenne das, mein Kind, werd' also Geike nicht halten. Ein Seemann muß pünktlich sein. – Kind, ist das nicht ein Boot dort bei Hains Halliggrund?«

»Der schwarze Punkt?«

»Es treibt mit der Flut und ist unbemannt.«

»Die heftige Bö gestern abend wird es irgendwo losgerissen haben.«

Nicol ging ins Haus, um sein Fernrohr zu holen. Zurückkommend, durchforschte er die Meerespfade, auf denen jetzt die Flut wogte und wallte, mit großer Gewissenhaftigkeit.

»Es ist kein Boot von den Halligen«, sagte er. »Seine Form ist anders; es muß von See hereingetrieben sein.«

So sprechend kehrte er sich um, ging nach der Westseite, lehnte sich hier an die Befriedigung und betrachtete die majestätische Nordsee, auf deren blaugrünen Wogen häufig breite Silberhügel aufstiegen und blitzend im Sonnenlicht zerrannen. Er suchte lange auf dem endlosen Meere, ohne etwas zu entdecken, das ihn fesselte. Endlich aber blieb sein Auge an schattenhaften Umrissen haften, die ein Nichtseemann schwerlich beachtet haben würde. Auf der einförmig wogenden See entdeckte Nicol einen Gegenstand, der ungleich dunkler war als die wallende Wasserfläche. Es konnte der Schatten einer Wolke sein, deren viele langsam durch die Luft segelten. Der Halligbewohner bemerkte aber, daß der dunkle Punkt sich nicht bewegte und daß häufig blendendhelle Lichter um ihn aufzuckten. Er wußte jetzt, was er vor sich hatte. Das Fernrohr rasch zusammenschiebend, rief er seinem jüngern Sohne zu, der beschäftigt war, von einer der Heudiemen Futter herabzuholen:

»Jens, mach' dich fertig und rufe Taken! Draußen bei Engelssand sitzt ein Wrack. Bei nächster Ebbe zerschlägt es die Brandung. Wollen sehen, ob was zu bergen ist und ob die Mannschaft sich gerettet hat.«

Die schnell herbeispringenden Brüder fanden sogleich den vom Vater ihnen bezeichneten Punkt. Auch sie erkannten mit scharfen Seemannsaugen in dem dunkeln Schatten ein gestrandetes Fahrzeug. Auch Karen und selbst Ellen blickten durch das Fernrohr, und alsbald macht sich eine quecksilberne Lebendigkeit auf Nicol Mannis' Warft bemerkbar. Die drei Männer setzten ihre Südwester auf, warfen die Buseruuntjes über, fuhren in schwere, weite Schifferstiefel, beluden sich mit zusammengerollten Tauen und steckten kurzhalmige handliche Beile zu sich. Dann winkten sie Mutter und Schwester einen flüchtigen Gruß zu und stiegen die Warft hinab.

Obwohl über diesen Zurüstungen kaum eine Viertelstunde vergangen war, hatte doch jetzt die ganze Szenerie eine veränderte Gestalt angenommen. Auf allen Warften sah man belebte Gruppen. Männer, vollständig zu einer Seefahrt gerüstet, eilten dem nahen Strande zu, wo die schweren Boote losgekettet, unter monotonem, unharmonischem Johlen ins Wasser geschoben und sodann eiligst bemannt wurden. Aber auch auf der Binnensee ward es lebendig. Von Langeneß und Nordmarsch, von Gröde und Appelland, von den Deichrändern Pellworms her stießen Fahrzeuge in See, die offenbar einem und demselben Ziele zuzusteuern beabsichtigten. Die scharfen Augen fast aller Halligbewohner hatten zu gleicher Zeit das gestrandete Fahrzeug entdeckt, und alle schickten sich an, die auf demselben etwa noch befindlichen Güter dem gierigen Meere zu entreißen.

Die große Eile, die sich überall kundgab, war übrigens unnötig. Noch lief die Flut auf, der Wind, obwohl schwach, wehte landwärts, und gegen Flut und Wind anzusegeln, war auch dem trefflichsten Fahrzeuge und der geschicktesten Führung desselben nicht möglich.

Nichtsdestoweniger gingen die Halligmänner mit wenigen Ausnahmen ungesäumt an Bord ihrer starkgebauten seehaltigen Sloops. Durch geschicktes Lavieren gewann man doch einen kleinen Vorsprung, und traf dann die Zeit der Ebbe ein, wo nicht selten auch der Wind kentert, so konnte mit Benutzung des Ebbestromes sowie von Segel und Ruder ein Fahrzeug das andere leicht überholen. Geike Woegens, der Verlobte Karens, gesellte sich seinem künftigen Schwiegervater zu und bestieg mit diesem und dessen Söhnen ein und dasselbe Boot.

»Ich vermutete schon gestern abend eine Strandung«, sprach der junge Mann, mit Hilfe Takens und Jens die Segel richtend. »Es wehte hart gegen Mitternacht und die Böen waren ungewöhnlich heftig. Wahrscheinlich ist's ein Neapolitaner oder ein Schiffer aus Smyrna, der zum ersten Male nach der Elbe steuert. Solche Schiffer trügt die doppelte Flutströmung bei heftigem Winde und treibt sie östlich ab nach unsern Watten.«

Der alte Mannis pflichtete kopfnickend bei. Er saß am Steuer und beobachtete mit großer Seelenruhe jede Bewegung des Meeres, wie den Lauf der vielen andern Segelboote, die von Süd und Nord dem Orte zustrebten, wo das gestrandete Schiff fest im Sande saß.

»Die Pellwormer kommen uns zuvor«, sagte Nicol nach einer Weile. »Die sind des Schiffes wohl etwas früher ansichtig geworden, auch begünstigt sie die Richtung des Windes.«

Auf diese Bemerkung machte Geike eine beistimmende Bewegung. Inzwischen erreichten die Segelnden tieferes Fahrwasser, und bei der nächsten Wendung des Bootes zeigte sich der Rumpf des Wracks bereits in größerer Deutlichkeit.

Nun entspann sich ein eigentümlicher Wettkampf zwischen den verschiedenen Segelbooten, die einander mit jeder Minute näher kamen. Alle Führer derselben benutzten jeden kleinsten Vorteil, der sich ihnen darbot, und griffen nicht selten zu gewagter Segelstellung, um ein paar Fuß Wasser mehr zu gewinnen und womöglich einen kleinen Vorsprung zu erlangen. Gesprochen ward während dieses Wettsegelns kein Wort, nur einzelne gurgelnde Kehllaute hörte man, die bald ein Kommando vorstellten, bald als Zeichen der Anfeuerung gebraucht wurden.

Das Wrack zeigte sich jetzt schon deutlich. Die See brandete wild um den dunkeln Rumpf und überschüttete diesen bisweilen mit weißem Gischt. In den heransegelnden Booten war das Rauschen und donnernde Anprallen der breiten Wogen, die sich zerstörend am Schiffsrumpfe brachen, deutlich zu hören. Hunderte von schreienden Seevögeln umflatterten den Strandungsort und schwebten bald als breite Wolke in ziemlicher Höhe über demselben, bald fielen sie nieder auf die Wellenkämme, die weißhäuptig über den Sand rollten und an den Planken des Wrackes zum Bord hinaufstrebten.

Noch wenige Minuten vergingen und alle Boote zogen ihre Segel ein. Auf dem seichter werdenden Wasser konnte man sich nur noch der Ruder bedienen.

Nun galt es abermals, die Hände zu rühren und mit nicht ermüdender Ausdauer zu arbeiten, was denn auch redlich geschah.

Die Sloop des alten Mannis war die sechste, welche das Wrack erreichte, dessen Deck sich nunmehr schnell mit Menschen füllte. Das Schiff war verlassen und allem Anscheine nach hatte sich die ganze Mannschaft in den Booten gerettet. Die Schiffspapiere und Sachen von Wert hatten die Schiffbrüchigen mitgenommen. Im untern Raume, der schon zur Hälfte mit Wasser gefüllt war, rollte die nicht bedeutende Ladung hin und wieder, je nachdem eine hohe Woge den Rumpf umspülte, hob und ihn heftig stampfend wieder auf den sandigen Grund fallen ließ.

Nicol und seine Begleiter sahen ein, daß die zu machende Beute ihren Erwartungen nicht entsprach. Es war in der Tat ein von Smyrna kommendes Schiff, mit Südfrüchten und etwas Wein beladen. Erstere, in Kisten verpackt, mußte man bereits verloren geben, da sie ganz von Salzwasser überflutet waren. Die Weinfässer trieben im Schiffsraume auf und ab, und manches war durch die starken Schwankungen schon zertrümmert worden.

Um nicht mit den immer zahlreicher sich einfindenden Insulanern, unter denen manche überaus beutegierig waren, und bereits unter drohend klingenden Worten das Deck erklommen, in nutzlosen Streit zu geraten, begnügten sich die Halligmänner von Hooge mit zwei kleinen Fässern, die Wein zu enthalten schienen. Vielleicht hätten sie auch diese nicht unbehindert in ihr Boot bringen können, wäre nicht gerade über einige andere auf Deck befindliche Gegenstände zwischen mehreren, welche gleichzeitig ihre Hände danach ausstreckten, ein heftiger Streit ausgebrochen, der durch das Bemühen derer, die ihn schlichten wollten, schnell in Tätlichkeiten ausartete.

Nicol Mannis und seine Begleiter, wohl wissend, daß auch ihr Wort ungehört verhallen würde, benutzten gleich manchen andern diesen Moment, verließen das Wrack und stießen ab. Der Lärm des Kampfes, an dem sich jetzt alle an Bord Zurückgebliebenen beteiligten, hallte weithin über das Meer, und ward von den heimwärts Steuernden noch vernommen, als sie das Watt von Engelssand bereits glücklich passiert hatten, und wieder Segel aufziehen konnten. Auch die Rückfahrt dauerte lange. Wie vorher gegen die Flut, mußten sie jetzt gegen die Ebbe kämpfen, d. h. sie waren gezwungen, fortwährend zu kreuzen, um sich langsam der Hallig zu nähern. So ward es beinahe Abend, ehe die Schiffer das Ziel erreichten.

Nicol blieb auch während dieser Rückfahrt sehr einsilbig. Sein Aussehen war ernst, ja düster, und als er endlich bei dicht aufbrodelndem Nebel die Sloop in das Schlütt steuerte, sagte er, mit scharfem Auge rückwärts nach dem Meere blickend, das wie eine graue Wüste sich unter dem Nebel ausbreitete:

»Hab' acht Geike, wenn du in See stichst! Lichte die Anker an keinem Freitage! Den Leichenzug[3] , den ich vorhin von der Reuter-tiefe über Baksand nach dem Junge-Jap mitten durch den Nebel streichen sah, verkündigt uns Halligleuten nichts Gutes! Mich dünkt, es waren viele Bekannte unter den Trägern.«

Die Brüder wechselten sprechende Blicke miteinander, Geike aber reichte dem Alten die Hand und sagte:

»Werd' deiner gedenken, Vater Mannis, und an keinem Freitage lichten. Sollst selbst dabei sein, wenn ich ausklariere.«

Nicol schien beruhigt. Er befestigte die Sloop mit eigener Hand, während jeder seiner Söhne eins der geborgenen Fäßchen ans Land trug, und Geike den kleinen Anker des Fahrzeugs mit kräftigem Druck in die Erde der Hallig bohrte.

---

[3] Nach dem friesischen Volksglauben wird der Tod naher Angehöriger den Überlebenden oft dadurch angezeigt, daß sie bei Abenddämmerung im Nebel einen vollständigen Leichenzug der Gegend zugleiten sehen, wo die Leiche später der Erde übergeben werden soll. Die Friesen nennen solche Erscheinungen Vorspuk oder Vorgesicht.

5 Die Nacht auf der Holmer-Fähre

Anderthalb Wochen später treffen wir den alten Halligmann mit Jens und Karen am Hafen von Tönning. Es ist nachmittags in der dritten Stunde. Graue Wolken bedecken den Himmel und lassen nur selten die Sonne auf kurze Zeit durchbrechen. Die Wogen der Eider kräuseln sich unter der Einwirkung einer frischen Brise. Mehrere Schiffe, deren Rahen sich schnell mit Segeln bedecken, steuern hinaus nach der offenen See. Ihre Flaggen und Wimpel wehen lustig im Winde, und wenn ein heller Strahl der Sonne, die Wolkenmauer spaltend, sie trifft, kann man die Farben und Zeichen der Flaggen noch deutlich vom Ufer aus erkennen.

»Gott gebe ihm eine glückliche Reise, und laß ihn im nächsten Frühjahr gesund und munter zurückkehren!« sprach jetzt Nicol Mannis, seine Mütze abnehmend und sie nochmals grüßend gegen die schnell sich entfernenden Schiffe schwenkend. »Ich fürchte, ehe Geike den Kanal passiert, macht der Wind ihm noch was zu schaffen.«

Karen, die auf den Arm des Vaters gestützt, unverwandten Auges den fortsegelnden Schiffen gefolgt war, richtete sich auf, um ein paar Tränen an ihren Wimpern zu trocknen.

»Laß uns gehen, Vater!« sprach das junge Mädchen mit fester Stimme. »Ich habe nun weiter nichts mehr zu suchen.«

Nicol widersprach nicht. Er sah noch einmal nach dem wogenden Strome und dem grauen Himmel, dann erfaßte er die Hand der Tochter und wendete sich der Stadt zu. Jens verweilte noch einige Minuten länger am Strande, dann folgte auch er den Vorangegangenen.

Die Uthlandsfriesen blieben noch eine Nacht in Tönning, und machten nötige Einkäufe für den Winter, um in keine Verlegenheit zu kommen, wenn etwa böses Wetter sie für längere Zeit an allem Verkehr mit dem Festlande verhindern sollte. Am andern Morgen erst verließen sie die belebte Hafenstadt, um auf einem offenen Wagen durch die Landschaft Eiderstedt nach Husum zu fahren. Hier nämlich lag des alten Mannis' Sloop im Hafen.

Die Reise im offenen Wagen auf den Deichkronen, von deren Höhe man die so wunderbar frischen Marschen mit ihren endlosen Feldern und noch immer frischgrünen Wiesen übersehen konnte, zwischen denen die großen, stattlichen Höfe, von einem Kranze rauschender Frucht- und Nutzbäume umgeben, lagen, gewährte trotz der Monotonie der Farben doch ein mehrfach fesselndes Bild. Gegen Osten war alles fruchttragendes, fettes Land. Die Höfe und Ortschaften hinter den Deichen verrieten den Reichtum ihrer Besitzer. Zu Tausenden weideten breitstirnige Rinder und mutige junge Rosse auf den Wiesen, deren Graswuchs unerschöpflich zu sein schien. Gegen Westen aber wogte die wilde See unabsehbar und schlug in weißen, langen Brandungswellen gegen die hohen, schräg abfallenden Deiche. Fern und nah sah man weiße Segelfittiche über den Wellen schweben, die bald sich näherten, bald sich entfernten, je nachdem sie land- oder seewärts steuerten. Gewöhnlich hatte der Anblick des Meeres etwas unbeschreiblich Düsteres, weil der schwere Wolkenhimmel es mit eintönigem Grau bedeckte. Nur, wo die Sonne die Wolken auf kurze Momente teilte, erglänzte die See in blendend weißem oder in rotem Feuer, und es schien dann, als rollten Massen geschmolzenen Silbers oder flüssigen Feuers in graublauer Umbordung. Mitten durch diese auf dem Meere schwimmenden Licht- und Glutoasen zog hin und wieder still und sicher, wie von Geisterkräften geführt, der Leib eines Schiffes.

Nicol Mannis beobachtete ausschließlich das Meer, sein Aussehen und was auf demselben vorging, für die beiden Geschwister dagegen hatte die landschaftliche Szenerie ihrer Neuheit wegen mehr Anziehungskraft; denn beide kamen selten auf das Festland. Geschah es aber, so hielten sie sich meistenteils am Strande auf und so hatten sie eigentlich noch nie so viel Land und so viel ländliche Wohnungen gesehen, als bei dieser Fahrt durch das Eiderstedtische, die sie innerhalb acht Tagen schon zum zweiten Male machten.

Zu Nicols Verdruß kamen sie viel langsamer vorwärts, als er wünschte. Es war in den letzten Tagen häufig starker Regen gefallen, und regnete es nicht, so lag gewöhnlich ein schwerer, feuchter Nebel auf dem Lande. Dadurch waren die Wege auf den Deichkronen schlecht geworden. Auch die kräftigsten Pferde vermochten nur selten in dem schweren Boden zu traben. So kam es, daß die

Uthlandsfriesen erst ziemlich spät am Nachmittage das altertümliche Husum erreichen.

Mannis hätte sich gern von der für ihn sehr langweiligen Fahrt etwas erholt, weil aber der Wind günstig war und der Wasserstand der Hever ein Aussegeln erlaubte, gönnte er sich kaum soviel Zeit, um sich durch ein steifes Glas Grog zu erquicken. Jens mußte auf der Stelle am Bord der Sloop alles klar machen, und ehe noch eine Viertelstunde vergangen war, glitt das wohlgebaute Fahrzeug des Halligmannes schon langsam die Heveraue hinab, und erreichte bei Sonnenuntergang die Gewässer der Binnensee.

»Zwei Stunden können wir noch segeln«, sprach der erfahrene Seemann zu seinem Sohne, »dann müssen wir Anker werfen und die nächste Flut abwarten. Der Wind ist steif, das Gewölk hebt sich, und der Mond wird uns leuchten.«

Nicol erfaßte sofort das Steuer, Jens befolgte schnell jeden Befehl des Vaters, Karen hatte sich schnell wieder, gegen den kälter werdenden Abendwind dichter in ihren Mantel hüllend, auf die schmale Kajütentreppe gesetzt.

Den einsamen Seglern begegnete kein Fahrzeug. Die Insel Nordstrand lag wie ein schwarzer Schatten zur Linken, rechts auf den Deichen zeigte sich im matten Abendscheine des langsam verlöschenden Tages eine wandernde Menschengestalt, die riesengroß erschien. Hinter den Deichen ließ sich Hundegebell hören und in langen Zwischenpausen der Schlag einer Glocke.

Die grauen Wogen der Wattensee rauschten am Bug der sie durchfurchenden Sloop. Das Rauschen verminderte sich aber mit jeder Viertelstunde. Die Bewegung des Wassers, anfangs stark und rollend, ward immer unbedeutender. Bald schlugen die Wellen nur noch matt und wie spielend gegen die Wände des Fahrzeuges, die Segel flappten, und eine Ruhe auf dem Meere wie in der Luft machte sich bemerkbar, als fühlten auch die Elemente das Bedürfnis, eine Zeitlang zu schlummern, um Kräfte zu neuem Wirken zu sammeln.

Die Ebbe war eingetreten, mit ihr zugleich fiel der Wind südlich ab und ward sehr schwach.

»Stop!« sagte Nicol Mannis, das Steuer scharf anziehend. »Wir wollen hier Anker werfen. Sobald er in diesem Sandgrunde angebissen hat, ruhen wir sicher, wie in Abrahams Schoß.«

Während Vater und Sohn den Anker auswarfen, erhob sich Karen und trat ans Steuer. Der Mond blinkte lauschend durch dünne, sanft fortsegelnde Wolken. Er verbreitete ein mildes Dämmerlicht über das Meer und seine Inselbrocken, die jetzt ein poetischer Zauber umwallte. Im Südwest lag Nordstrand mit seinen hohen Deichen, über welche nur steile Dächer, Windmühlenflügel und die Spitzen der Kirchen emporragten. Im Norden hob sich gespenstisch öde aus glitzernder Wattennacht die Hallig Nordstrandischmoor, ganz im Westen schimmerten von höher gebauten Warften einzelne Lichter auf der entfernteren Insel Pellworm. Die Sloop lag, sanft schaukelnd, an sicherem Anker auf breitem Meeresschlauche, den die Wattenschiffer »Holmer-Fähre« nennen, und welcher in seiner Erweiterung das Fahrwasser der mittleren und neuen Hever bildet, die zwischen Pellworm und der Hallig Südfall in die Nordsee mündet.

Der Anker saß fest im Grunde. Nicol Mannis näherte sich der Tochter, um das Steuer in einen Riemen zu hängen, damit es sich nicht willkürlich bewegen möge.

»Ein schauerlich schöner Abend, Vater«, hub Karen an. »Sieh, wie dort die Watten glitzern und funkeln, als ob sie mit silbernen Geweben überdeckt wären! Und dort, südwestwärts – sieht es nicht aus, als wolle ein unermeßlicher Schwanzstern aus der Tiefe des Meeres heraufsteigen? – Wie das zuckt, blitzt, schillert, im Wasser auf und über den Wogen! – Kann der Mond im Spiel mit den Wolken solch wunderbare Lichtbilder in die Luft zeichnen?«

»Es sind Möwen, meine Tochter, die sich in seinem Lichte baden.«

»Aber der hellweiße Streifen darunter? Das kann doch nicht der Widerschein des Mondes im Meere sein?«

»Das ist ein Sand«, fiel Jens ein, der jetzt ebenfalls herankam.

»Rungholtsand!« bekräftigte Nicol. »Ein schlimmer Ort! Schiffer vermeiden ihn gern.«

»Da hat vor alten Zeiten eine Stadt gestanden, die im Meere versunken ist?« fragte Karen.

»Wie Sodom und Gomorrha«, versetzte Nicol. »Darum heißen wir's auch das tote Meer in der Westsee.«

Karen überlief es kalt. War es ein Frösteln der Furcht, das sich ihrer bemächtigte auf dem öden Meere, auf dem jetzt weit und breit kein Nachen, kein Segel mehr sichtbar ward, oder durchschauerte sie der kalte Oktoberwind? Sie ergriff den Arm ihres Vaters und zog diesen mit sich fort.

»Es ist doch unheimlich«, sprach sie, der Kajüte zuschreitend. »Wenn ich ein Schiffer wäre, ich würde mich oft fürchten.«

Nicol lächelte.

»Diese Furcht würde sich bald verlieren«, erwiderte er. »Sie beschleicht uns alle, wenn wir die erste Nacht auf dem Meere zubringen. Bald aber gewöhnen wir uns daran, und später empfinden wir nichts mehr davon.«

Vater und Tochter stiegen in die Kajüte hinab, Jens blieb allein auf Deck, das er auf- und niederschritt, als müsse er das vor Anker liegende Fahrzeug bewachen.

In dem engen und sehr niedrigen Raume, welcher auf so kleinen Schiffen als Kajüte dient, deckte Karen inzwischen den Tisch, entzündete dann ein Torffeuer in dem winzigen Zugofen, dessen Schornstein beweglich war, um ihn je nach der Richtung des Windes anders stellen zu können, und bereitete Tee. Ihr Vater streckte sich bald liegend in die Koje und schloß die Augen, als wünsche er zu schlafen. Die einförmige Bewegung des Fahrzeuges am Anker, das murmelnde Plätschern der Wellen, die den Kiel umspülten, und die Stille ringsum konnten allerdings dazu einladen. Karen summte während ihres Schaffens ein Lied, dessen Worte nicht zu verstehen waren. Über sich hörte sie die Schritte des auf- und abwandelnden Bruders, der sich dem dunstigen Raume, wo die einzige Tranlampe und der brenzlige Geruch des Torffeuers die Atmosphäre durchaus nicht angenehm machten, solange wie möglich zu entziehen suchte.

Plötzlich vernahm Karen einen Ruf des Erstaunens. Die Tritte verhallten, es schien ihr, als zittere die Sloop an ihrem Kabel, und

Nicol, der, wie alle Seeleute, für gewisse Laute ein eigentümlich scharfes Gehör hatte, erhob sich eilig aus seiner halb liegenden Stellung. Ehe er noch die wenigen Treppenstufen zum Deck hinaufstieg, rief Jens mit starker Stimme seinen Namen.

Nicol antwortete und hob im nächsten Augenblicke den grauen Kopf aus der Luke.

»Was gibt's?« fragte er, das Auge rasch nach allen Seiten kehrend. Er gewahrte den Sohn, wie er unfern des Steuers kniete und mit weit vorgebeugtem Kopfe zu lauschen schien.

»Hörst du nichts?« lautete die Gegenfrage des jungen Mannes.

Nicol trat dicht an Jens heran. Die Luft war beinahe still, das Meer oder vielmehr der Wattstrom, auf welchem die Sloop vor Anker lag, zeigte nur wenig Bewegung. In weiter Ferne aber, westwärts, verhallte in dumpfem Gesurr das Rauschen der Brandung, die sich an den Schwellen und Gründen der Hevermündung brach.

»Ich höre nichts als die Brandung«, sagte der alte Kapitän.

»Wirklich? Weiter gar nichts? Auch jetzt nicht?«

Nicol kniete nieder und legte sein Ohr auf den Bord.

»Es sind Glocken, so wahr ich lebe!« beteuerte Jens.

»Glockengeläut? Und hier?«

»Und der Schall kommt von Westen her! – Jetzt, wie laut – wie helltönend! Hörst du's, Vater?«

»Ich höre.«

»Die Glocken von Hooge sind's nicht.«

»Auch nicht die von Pellworm.«

»Und auf Föhr kann das Geläut ebenfalls nicht sein.«

»Nein!«

»Der Schall kommt mir gar nicht bekannt vor.«

»Ich kenne ihn.«

»Dann weißt du, wo man so spät noch die Glocken läutet?«

Nicol stand auf. Er sah geisterbleich aus und zum Erschrecken ernst. Seine Hand deutete nach dem Meere.

»Die Glocken von Rungholt sind's, mein Sohn«, sprach er mit halblauter, zitternder Stimme. »Selten nur hört ein Lebender das unterseeische Geläute, wenn es aber des Nachts über den Wogen verhallt, dann gilt's den Uthlandsfriesen. Die in eitler Lust, frevlem Hochmut und sündhafter Schwelgerei versunkenen Rungholter müssen die Glocken läuten, wenn den Überresten ihrer ehemaligen irdischen Wohnstätte Unheil droht. Wir gehen einem verhängnisvollen Winter entgegen.«

»Hast du dies Geläut schon einmal vernommen?«

»Es vernahmen's alle Schiffer der Halligen im Herbst vor der letzten fürchterlichen Sturmflut.«

»Vater!« rief jetzt Karen und das vom Feuer gerötete Gesicht des Mädchens blickte aus der Luke.

»Still!« gebot Nicol dem Sohne. »Das Kind soll nichts erfahren. Sie trägt ohnehin schon schwere Sorge genug um Geike. – Gleich, mein Kind«, fuhr er unbefangen fort, »wir kommen schon. Steig' wieder hinunter und nimm die Rumflasche aus dem Raume. Der Nachtwind hat mich tüchtig durchgekältet.«

Karen war schon wieder in der Lukenöffnung verschwunden. Vater und Bruder folgten, und bald saßen alle drei bei dem mehr als frugalen Mahle, äußerlich munter, im Herzen ernst gestimmt. Von den Geisterklängen der Glocken von Rungholt, die über dem surrenden Meer verhallten, war mit keiner Silbe die Rede.

6 Strenger Winter

Der friesische Winter ist in der Regel milder als der deutsche. Tritt auch zeitweilig starke Kälte ein, so dauert diese doch infolge der häufig wechselnden Winde selten längere Zeit. Die Westseeinseln erfreuen sich deshalb eines sehr gemäßigten Klimas, was trotz ihrer nördlichen Lage den Aufenthalt auf ihnen angenehmer macht, als man annehmen sollte. Dennoch aber kommen von Zeit zu Zeit Winter vor, in denen die Kälte einen hohen Grad erreicht und die wildesten Schneestürme auf dem Wattenmeere wüten. Dann friert die Binnensee, d. h. jener Teil des Meeres, der die Inseln und Halligen gegen das Festland hin umflutet, fest zu und die Bewohner derselben überschreiten die meilenbreite Kristallbrücke zu Fuß, zu Pferd und zu Wagen, um mit dem Festlande in engere Beziehungen zu treten.

Ein solcher Winter stellte sich nun im November ein. Wenige Tage nach Mannis' Heimkehr lief der Wind nach Norden. Einem mehrstündigen Sturme, welcher alle Halligen viele Fuß tief unter Wasser setzte und manches Menschenleben kostete, folgte undurchdringliches Schneegestöber mit rasch steigender Kälte. Die Schlütte bedeckten sich mit Eis, das sich auf die Priele erstreckte, und alsbald auch die tieferen Wattströme mit schwer treibenden Schollen erfüllte. Der hohe Kältegrad, verbunden mit häufigem Schneefall, fügte Scholle an Scholle, bildete Eishügel und Schneedämme, und lange vor Weihnachten schon glich die ganze Westsee mit ihren zerstreuten Inselbrocken einer großen, mit zahllosen Hügeln und wunderlich gestalteten Blöcken besäten Ebene. Man konnte ohne Gefahr vom Festlande nach den Inseln gehen, die wieder durch Pfade über das Eis untereinander verbunden waren. Nicht alle diese Eispfade aber konnten für sicher gelten, da unter der kristallenen Decke die tieferen Ströme fortwährend die Flut- und Ebbe-Bewegung der Nordsee führten. Auf diesen Eisbrücken gab es unsichere Stellen in Menge, die sich von den festeren Pfaden jedoch nur wenig unterschieden. Damit nun aber nicht ein Wanderer auf den weiten, öden Eisfeldern auf falsche und gefahrvolle Pfade geraten möge, wurden die sicheren Eisstege durch aufgepflanzte hohe Stangen, deren obere Enden an großen Stroh- und Heubüscheln kenntlich waren, bezeichnet.

Auf den Halligen entstand durch diese Witterungsverhältnisse ein ungewöhnliches Leben. Bewohner des Festlandes, die kaum jemals einen Besuch auf den so einsam gelegenen, von einer tückischen See umbrandeten Inseln gemacht hatten, kamen jetzt zu Schlitten über das Eis. Auf allen Warften gab es Fremde, die mit großer Gastfreiheit empfangen und bewirtet wurden. Man veranstaltete kleine Feste, selbst für etwas Musik und Tanz ward gesorgt. Kurz, die Gewohnheiten der stillen Halligleute schienen ganz anderen Sitten Platz machen zu wollen.

Auch auf Hooge ging es sehr lebhaft zu. Kapitän Mannis war ein Mann von Ruf, durch seine Gattin den Festlandsfriesen verwandt, zählte er unter diesen eine Menge Vettern und Freunde. Von diesen machten namentlich die Jüngeren ohne Ausnahme Ausflüge nach den Westseeinseln.

So fanden sich denn um die Weihnachtszeit ganze Gesellschaften zusammen, welche den gemeinsamen Beschluß faßten, das Neujahr auf diesem Archipelagus unter Verwandten oder Bekannten anzutreten.

Bei Nicol Mannis trafen am Weihnachtstage zwei junge Mädchen und vier Männer ein, um dem Vetter Kapitän, wie sie den alten Halligmann nannten, auf ein paar Tage Gesellschaft zu leisten. Es waren Landleute aus Bredstedt, wohlhabend, lebensfroh, zu Lust und Scherz aller Art aufgelegt. Das originelle Leben auf der Hallig amüsierte sie, und da sowohl der alte Mannis wie dessen Kinder ihre Freude über den unvermuteten Besuch offen an den Tag legten, so herrschte alsbald die ungezwungenste Heiterkeit im Hause des Halligmannes.

Schon am zweiten Tag ihres Verweilens äußerten die Verwandten den Wunsch, weitere Ausflüge über das zugefrorene Meer zu machen. Die im winterlichen Schmuck noch seltsamer als im Sommer sich präsentierenden Wohnungen der Halligmänner reizten ihre Neugierde. Sie wollten mit eigenen Augen sehen und sich gleichsam hineinleben in das Treiben und Tun dieser durch die Natur von aller Welt so abgesonderten Menschen.

Taken und Jens waren sogleich erbötig, ihre Vettern als Führer zu begleiten. Die beiden jungen Mädchen zogen es vor, Karen Gesellschaft zu leisten und von der Höhe der Warft aus die Stege durch des Kapitäns treffliches Fernrohr zu beobachten, die nach allen Richtungen hin über das Eis liefen und erst weit draußen im Westen sich verloren.

Am Tage konnte niemand ahnen, daß man dem wogenden Meere so nahe wohne, des Nachts aber, wenn alle in das Innere der Häuser sich zurückzogen, vernahm man gewöhnlich das hohle Brausen der Nordsee. Es klang wie das grollende Murren eines tief erbitterten, verschlossenen Gemütes oder wie dumpfes Drohen einer Macht, die sich ihrer Kraft nicht recht bewußt ist.

Fünf volle Wochen hatte der Frost schon angehalten. Der Wind blies immer aus Ost und Nordost; selten nur nahm er, dann aber stets auf wenige Stunden, eine mehr nordwestliche oder südliche Richtung an. Helle Luft wechselte ab mit bedecktem Himmel. Häufig fiel Schnee, gewöhnlich bei sehr lebhaftem Winde. Immer aber blieb die Luft kalt und das Thermometer zeigte auch an den mildesten Tagen um die Mittagszeit noch mehrere Grad Kälte.

Die Verwandten hatten in Begleitung ihrer erfahrenen Vettern schon die nahe gelegenen Halligen durchstreift und bei diesen für sie höchst ergötzlichen Wanderungen alle bedeutenderen Persönlichkeiten kennengelernt. Da man weite Umwege machen mußte, um die gefahrvollen Stellen zu vermeiden, nahmen diese Besuche ziemlich viel Zeit weg. Man bedurfte eines ganzen Tages, um nach Langeneß zu kommen, eines anderen, um Gröde zu besuchen. Fühlten aber die jungen Abenteurer erst festen Boden unter sich, dann verweilten sie gewiß länger, als es ihre Absicht war; denn die treuherzige Offenheit, das gerade, ehrliche Wesen und das ungewöhnlich starke Gottvertrauen, das sie bei allen Halligbewohnern wiederfanden, hielt sie immer von neuem fest, und ließ sie erquickende Stunden und Tage verleben.

Nicol freute sich regelmäßig auf die Rückkehr seiner Gäste. Man dachte gar nicht daran, sich bald zu trennen, wohl aber gab der alte Kapitän gern das Versprechen, im Sommer mit seiner ganzen Familie auf ein paar Wochen nach dem Festlande zu kommen. Auch sogar den Vorschlag, alsdann die Vermählung seiner Tochter Karen mit Geike, der schon im Frühjahr zurückerwartet wurde, bei seinen Verwandten zu feiern, hieß er nach einer längeren Besprechung mit Ellen gut.

Eines Abends, als die Familie Mannis mit ihren Gästen wieder in fröhlicher Stimmung um den Teetisch und resp. bei ihrem trefflichen Grog saß, ließ Taken die Bemerkung fallen, die Vettern müßten eigentlich vor ihrer Rückreise aufs Festland auch noch eine der Inseln und ihre Dünen besuchen.

»Im Winter war ich selber noch nie auf einer Düne«, schloß er. »Ich möchte schon wissen, wie sich von ihren beschneiten Gipfeln jetzt die Nordsee ausnimmt.«

»Das müssen wir sehen!« fiel sogleich lebhaft der jüngste der Vettern, ein starker, äußerst gewandter, nicht selten aber auch waghalsiger Mann von einigen zwanzig Jahren, ein. »Wie ist's? Brechen wir morgen auf?«

»Ich bin dabei«, sprach Taken. »Nur bedarf es größter Vorsicht, wenn wir ohne Unfall den Strand von Amrum erreichen wollen. Wir werden uns mit Tauen und tüchtigen Klutstöcken versehen müssen. Wie man damit umgeht, das habt ihr uns ja bereits gelehrt.«

»Nach Amrum wollt ihr?« fiel Nicol ein. »Und übers Eis? Laßt das lieber bleiben.«

»Das Eis trägt«, sagte Jens. »Erst vor einiger Zeit erzählten uns Amrumer Fischer aus Nebel, daß sie ohne den geringsten Aufenthalt nach Westerlandföhr über das Eis gegangen wären.«

»Recht«, erwiderte Nicol. »Solange der Wind steht und die Thermometer sich nicht heben, ist gar keine Gefahr dabei. Wer aber will sagen, wie lange das noch dauern wird!«

»Im gegenwärtigen Winter hat das keine Not, Vater«, tröstete Taken. »Der Dreikönigstag ist mit scharfem Frost eingetreten und der Wind blies östlich beim ersten Mondviertel. Das alles sind Zeichen, daß wir in den nächsten Tagen noch keine Wetterveränderung zu gewärtigen haben.«

Nicol brachte noch verschiedene Bedenken vor, der Wunsch seiner jungen Vettern aber, die ihnen völlig unbekannte Wildnis selten besuchter Dünen kennenzulernen, entkräftete alle Einwürfe des alten Mannes.

Zuletzt achtete man kaum noch auf seine Ratschläge. Die jungen, abenteuersüchtigen Männer beschlossen, schon am nächsten Morgen aufzubrechen, und rüsteten sich zu der sie reizenden Partie in jeder Hinsicht, ehe sie sich zur Ruhe begaben.

Mit Vorbedacht verließen sie, da Nicol Mannis entschieden darauf drang, sehr früh das Lager. Der Mond stand noch am kalten, blaßgrauen Winterhimmel und bestreute die Schnee- und Eiswüste mit funkelnden Silberflocken. Es war still und kalt. Wie Riesenkegel, hier hell erleuchtet, dort finster, lagen die zerstreuten Warften der Hallig. In keiner noch bemerkte man Leben.

Nicol gab seinen Gästen das Geleit bis zur Treppe der Warft. Hier schüttelte er allen noch einmal die Hände, warnte sie vor unzeitigem Übermut und wünschte ihnen das beste Glück auf den Weg.

»In drei oder vier Tagen sind wir wieder da«, rief Taken dem Vater zu, die Stufen hinabschreitend. »Es kommt alles darauf an, wie uns die Partie behagt, und welche Aufnahme wir auf der Insel finden.«

Mannis antwortete nicht. Er lehnte sich an die Umfriedigung und sah den Fortgehenden, die quer über die Hallig wanderten, nach, bis sie im Schatten der Kirche seinen Blicken entschwunden. Dann ging er zurück in seine Wohnung, nahm den Kalender von der Wand und sah nach der Fluttabelle.

»In drei Tagen ist Vollmond«, sprach er nachdenklich. »Hochwasser haben wir dann um Mittag und Mitternacht. Sie können doch recht haben, das Wetter wird sich halten, wenn der Wind nicht rasch umläuft.«

7 Die Jagd auf dem Eise

Wohlgemut schritten die Gebrüder Mannis mit ihren lebhaften Gefährten über das Eis. Sie sahen bald ein, daß der Rat ihres Vaters begründet war, denn ohne den schimmernden Glanz des Mondes würden sie schwer die Pfade gefunden haben, die in zahllosen Krümmungen sich über die zugefrorenen Watten schlängelten. Als ein paar Stunden vor Sonnenaufgang der Mond unterging, lag die schwierigste Wegstrecke hinter ihnen, und bald darauf betraten sie die östliche Küste von Langeneß.

Auf dieser Hallig erwarteten sie den Tag. Einige Jugendfreunde der Gebrüder Mannis schlossen sich den Wanderern an, um Vergnügen und Gefahren derselben zu teilen. Die Gesellschaft bestand jetzt aus zehn Personen. Von diesen waren die Langenesser mit Büchsen bewaffnet, weil sie am Strande von Amrum Seehunde anzutreffen hofften, die in der Westsee in ziemlicher Anzahl vorkommen und von den Halligbewohnern bisweilen erlegt werden.

Unter Scherzen und Lachen zog die kleine Karawane weiter. Die mühsam zu beschreitenden Eispfade gaben zu allerhand Bemerkungen Anlaß, und boten nicht selten Gelegenheit dar, den entschlossenen Mut und die körperliche Gewandtheit der jungen Leute in das hellste Licht zu setzen. Bald gab es übereinandergeschobene zackige oder spiegelglatte Eisblöcke zu erklimmen, bald mußte über gefährliche Spalten gesetzt werden, bald brach man durch weißliches Schneeeis, das eine hohle Brücke bildete, und durch sein Aussehen auch die Erfahrensten täuschen konnte. Häufig hörten die Wanderer fern und nah ein knatterndes Geräusch, die Eisdecke bebte, ein dumpfes Gurgeln ließ sich vernehmen, und gleich darauf zerklüftete unter heftigem Krachen die unebene Brücke.

Schon vertraut mit diesen Erscheinungen, empfanden die eingeborenen Halligmänner keine Furcht darüber. Nicht einmal beunruhigt zeigten sich diese unerschrockenen, an Gefahren aller Art und an ununterbrochene Kämpfe mit den Elementen gewöhnten Naturen. Die Festlandsfriesen blieben ab und an lauschend stehen, nicht aber aus Furcht, sondern nur, um die für sie neuen und deshalb interessanten Erscheinungen genauer beobachten zu können. Der jüngste Vetter Hendry tat es sogar manchem seiner Begleiter zuvor.

Er war beinahe immer voran, unermüdlich der Heiterste von Laune, der Keckste, wo es galt, rasch einen Entschluß zu fassen und ihn ebensoschnell auszuführen. Ja seine Keckheit artete bisweilen dergestalt in verwegenes Wagen aus, daß selbst seine Vettern es für Pflicht hielten, ihn zu warnen.

Es dämmerte schon, als die Gesellschaft die Häusergruppen auf Westerlandföhr mehr und mehr aus dem kalten Nebel auftauchen sah. Die hohen Spitzen der St. Johannis und St. Laurentiuskirche hatte sie nie aus dem Gesicht verloren. Sie dienten den Fußwanderern ebenso wie in der guten Jahreszeit den Schiffern als sichere Wegweiser.

Die späte Tagesstunde und die große Anstrengung geboten den Männern, auf Föhr zu übernachten. Alle bedurften nach den überstandenen Strapazen der Ruhe. Auch wäre selbst bei hellem Mondschein das Überschreiten der mit Eis bedeckten Watten und Priele für alle ein höchst gefahrvolles Unternehmen gewesen, da auch den Uthlandsfriesen die jetzt vor ihnen liegenden Eisstege nicht bekannt waren.

Taken schlief unruhig trotz der Ermüdung. Er mußte immer an seinen Vater denken. Sooft er die Augen schloß, sah er regelmäßig im halben Traume den alten Mann, wie er mit ernsten, besorgten Zügen auf der Warft stand, und westwärts nach der See hinausblickte. Dies immer von neuem wiederkehrende Traumbild beunruhigte ihn oder störte doch seine unbefangene Heiterkeit. Etwas trug wohl auch das Pfeifen des Windes dazu bei, der sich während der Nacht erhob.

Der Anblick von Land und Watten am Morgen war düster. Dunkle Schneewolken bedeckten den Himmel, und ein fahles, schmutziges Rot hing wie ein zerrissener Vorhang im Osten, den Aufgang der Sonne verkündigend. Ihre Strahlen vermochten das Gewölk nicht zu durchbrechen; es ward vielmehr noch dichter, als die Friesen sich zum Aufbruche rüsteten. Um sicherzugehen, nahmen sie einen bekannten Schlickläufer als Führer mit.

»Das Wetter scheint sich doch ändern zu wollen«, meinte Taken, als sie die holperige Eisfläche betraten, welche Föhr jetzt von Amrum schied.

»Herr«, brummte der jütische Einwanderer, denn ein solcher war ihr Führer, »der Wind steht noch.«

Das Gespräch mit dem einsilbigen Menschen ward nicht weiter fortgesetzt. Es wehte stark, bald aus Ost, bald aus Nordost. Die Dünengipfel auf Amrum waren in dem Nebel, der sie einhüllte oder vielmehr aus ihnen aufzubrodeln schien, nicht zu erkennen. Scharen grauer Möwen schwärmten über offenen Stellen im Eise und flatterten schreiend hochauf, wenn der Zug der Wanderer sich ihnen näherte. Die ganze Gesellschaft schien verstimmt zu sein. Jeder ging für sich, und wechselte kaum einige Worte mit seinem Vor- oder Hintermann. Gegen elf Uhr ward Amrum erreicht. Der Wind blies aus Norden, ein feiner Schneestaub rieselte aus dem Gewölk nieder.

»Es kann Sturm geben zur Nacht«, sprach Jens. »Bei solchem Wetter wird eine Besteigung der Dünen wenig lohnend sein. Ich schlage vor, bis morgen zu warten.«

»Bist du bange?« fiel lachend der übermütige Hendry ein. »Pflege dich, derweil wir andern uns von jenen Sandspitzen die mit Eisblöcken spielende Nordsee ansehen wollen.«

»Bange?« erwiderte fast beleidigt der junge Mannis. »Ich kenne keine Furcht, aber ich bin für baldigen Aufbruch, wenn wir das Unternehmen ausführen wollen.«

Niemand von der Gesellschaft widersprach. Alle brachen auf nach den Dünen. Einzelne Bewohner Amrums sahen den jungen Männern verwundert nach, ein warnendes oder bedenkliches Wort aber entschlüpfte keinem. Jeder hielt die Fremden für kühne Jäger.

Die Dünen boten das Bild einer gänzlichen Wildnis dar. In den kesselartigen Tälern lag tiefer Schnee, die steilen Gipfel glänzten von Eis, und der immer wilder brausende Wind trieb dichte Wolken eisiger Schneenadeln, mit Sandstaub gemischt, in solchen Massen über sie hin, daß niemand ein Auge zu öffnen vermochte.

Dennoch aber ließen sich die abenteuerlichen jungen Männer nicht abschrecken, ihr Ziel zu verfolgen. Je nach Lust und Neigung zerstreuten sie sich in den Dünentälern nach Süd und Nord. Einige, welche die Spuren von Kaninchenbauen entdeckten, die gerade in den Amrumer Dünen in großer Menge vorhanden sind, machten es sich zum Vergnügen, die harmlosen Tierchen in ihrer Winterruhe zu stören. Andere kletterten über die am Strande zusammengeschobenen Eisschollen und suchten nach Schaltieren, noch andere wagten sich weiter hinaus auf das sehr rissige Eis, und verlockten zu gleichem Wagnis später auch die meisten ihrer Gefährten, als es ihnen glückte, ein paar Seehunde zu entdecken und durch wohlgezielte Schüsse zu verwunden.

Im Eifer der Jagd achtete keiner mehr der Gefahren, denen sich alle aussetzten. Die Seehunde waren schwer zu transportieren, und doch wollte man die wertvolle Beute nicht im Stiche lassen. Zwei waren in nicht gar langer Zeit und unter verhältnismäßig geringen Anstrengungen bereits ans Land geschafft. Damit jedoch nicht zufrieden, eilten die glücklichen Jäger von Langeneß weiter hinaus. Sie stießen bald auf offenes Wasser; weiter nordwärts aber zeigten sich wieder breite Flächen harten Eises, an dessen weit vorgeschobenen Rändern die Wogen der Nordsee in Schaumsäulen sich brachen. Auf dieser Eisinsel, die man springend erreichen konnte, lagerten mehrere Robben. Die größte erlegte eine Büchsenkugel des geübtesten Schützen. Das getroffene Tier sank unfern der Brandung auf dem eisigen Bette tot zusammen. Es hier den Wellen zu überlassen, kam den mutigen Uthlandsfriesen nicht in den Sinn. Durch Rufe und Zeichen lockte man auch die bereits an den Strand Zurückgekehrten abermals auf die zerbrechliche Eisbrücke. Alle folgten dem Rufe, ohne auf die bedenkliche Bewegung der großen Fläche zu achten, über die jetzt ein Schauer feinen Hagels hinstäubte, den der heulende Nordwest vor sich herjagte.

Nach Verlauf einer halben Stunde war die ganze Gesellschaft am westlichen Rande des Eisfeldes versammelt. Den vereinigten Anstrengungen der kräftigen Männer gelang es, das gewichtige Tier von der schon umbrandeten Stelle fortzuschaffen. Jetzt umschnürte man es mit Stricken, und indem die vier Jäger, deren Eigentum es ja war, unter lautem Hallo es an den Stricken fortzogen über das Eis, eilten die übrigen voraus, um bei einigen schwer zu passierenden Stellen für Erleichterung des Transportes Vorkehrungen zu treffen.

Seltsamerweise konnten diese den Punkt jetzt nicht wiederfinden, wo sie vom sandigen Strande aus durch einen Sprung die mehrere Fuß dicke Scholle erreicht hatten. Ein breiter Streifen wogenden, brausenden Salzwassers wälzte sich zwischen Scholle und Land, das durch den jetzt in dichten Flocken fallenden Schnee kaum noch in klaren Umrissen zu erkennen war.

In richtiger Würdigung der gefahrvollen Lage teilte sich der Trupp der jungen Männer sofort in zwei Parteien. Die eine derselben wandte sich südwärts, die andere nordwärts, um einen Punkt aufzufinden, wo die immer beweglicher werdende Eisfläche mit dem Lande zusammenhing. Es war keine Zeit zu verlieren, denn schon verdunkelte sich die Luft mit jeder Minute mehr. Der Wind lief westwärts und ward heftiger. Der in großer Menge fallende Schnee war feucht. Es ließ sich nicht zweifeln, daß binnen wenigen Stunden vollständiges Tauwetter eintreten werde.

Die Gebrüder Mannis befanden sich bei dem südwärts streichenden Trupp. Sie feuerten ihre beiden Begleiter zur größten Eile an.

»Mein Gott« bemerkte darauf der übermütige Vetter, »wie habt ihr euch denn! Ich bin wohl zwanzigmal von weit schlimmerem Wetter auf den Deichen überrascht worden, war ganz allein, konnte zwei Schritte weit sehen und kam doch immer, wenn auch verspätet, unangefochten nach Hause. Das bißchen Wind wird uns die Seele nicht aus dem Leibe blasen.«

»Der Wind nicht, aber die See kann's tun«, sagte Jens.

»Die See! Stehen wir nicht auf festem Eise?«

»Noch ist es fest, aber wie lange!« sprach Taken. »Ihr kennt nicht die Gewalt der Flut, wenn der Tauwind sie aufwühlt. Ein paar Stunden genügen dann, die festeste Eisdecke zu brechen und sie in Brei zu zermalmen.«

»Ah-bah«, versetzte Hendry. »In höchstens einer halben Stunde müssen wir am Strande sein.«

Taken ging den übrigen ein paar Schritte voraus. Plötzlich blieb er stehen und horchte. Ein Brausen, als stürzten große Wassermassen über Felsblöcke, schlug drohend an aller Ohren.

»Zurück! Zurück!« schrie Taken mit entsetzter Stimme. »Die Brandung von Kapitäns Knob brüllt dort im Süden!«

Alle standen erstarrt.

»Es kann nicht sein«, sprach Jens nach kurzem Schweigen.

»Und doch ist es so«, erwiderte Taken. »Fühlst du nicht die Bewegung unter deinen Füßen? Hörst du das Krachen im Westen? Das Eisfeld treibt vor der Flut und wir haben Nordwestwind.«

Diese Worte des Halligmannes verfehlten nicht ihre Wirkung. Alle sahen ein, daß nur ein Zufall ihnen Rettung bringen konnte, wenn die Behauptung Takens sich bewahrheitete.

Das dicke, jetzt bereits mit Regentropfen vermischte Schneegestöber verhinderte jede Aussicht. Keine Bake auf den westlichen Sandbänken war zu erkennen und der Mond war noch nicht aufgegangen! Es ward dunkler und immer dunkler, und die Gewalt des Windes nahm in beunruhigender Weise zu.

Nach etwa fünf Minuten gewahrten die Zurückgehenden die bewaffneten Langenesser. Von Norden her dröhnte gellendes Gepfeif. Man antwortete, um den noch fernen Gefährten anzuzeigen, wo man auch ihrer harre. Als die Gesellschaft sich wieder geeinigt hatte, traten die Männer zu einer ernsten Beratung zusammen. Takens Vermutung bestätigte sich. Wenn das Gewölk momentan zerriß oder rascher von den Fittichen des heftigen Windes erfaßt, über die wüste See fortflatterte, konnten die scharfen Augen der Halligbewohner die weißlich schimmernden Dünen Amrums erkennen. Wind und Flut hatten das Eis gelöst, es trieb offenbar immer weiter ab vom Lande und mußte entweder auf den Untiefen zerschellen oder von den wild gehenden Wogen aufs hohe Meer hinausgeschleudert werden.

In dieser furchtbaren Bedrängnis konnten wohl auch den Mutigsten bange Ahnungen beschleichen. Kaum aber hatten die jungen Männer sich über ihre Lage vergewissert, als sie auch gemeinsam zu handeln entschlossen waren.

»Wir dürfen kein Mittel unversucht lassen«, sprach einer der Langenesser.

»Laßt uns also, solange wir noch Munition haben, von Zeit zu Zeit einen Schuß abfeuern. Insulaner haben ein scharfes Gehör, und wenn es tüchtig anfangen sollte zu blasen, wird es die Schiffer und Strandvögte von Amrum nicht lange in ihren Häusern halten. Bei

Sturm und Flut sucht der echte Seemann immer den Strand. Hören sie aber unsere Notsignale, so werden wir gerettet.«

»Der Vorschlag ist gut«, sagte Taken, »es fragt sich nur, ob lange Zeit vergeht, ehe man uns irgendwo entdeckt, und ob die Flut uns abtreibt. Wir haben keinen Proviant!«

»Aber Tabak und Rum, Tabak in Hülle und Fülle«, fiel Jens beruhigend ein.

Einer der Langenesser drückte seine Büchse ab. Der Schuß verhallte im Gebrause des Windes.

Düster traten die jungen Männer zusammen. Ihre Kräfte waren augenblicklich völlig paralysiert, ihr Scharfsinn konnte nichts entdecken, woran ihre Hoffnung sich klammern mochte. Die Lage war entsetzlich.

Aber noch hielt das Eis, auf dem das kleine Häuflein, von aller Welt verlassen, der Unbarmherzigkeit rasender Elementarkräfte preisgegeben, stand. Sie fühlten, daß die gewaltige Scholle, von Wind und Wogen erfaßt, immer weiter nach Süden abtrieb. Der Wind heulte, Schnee und Regen peitschte ihre Gesichter, Eisschollen krachten, Sturmvögel schrieen, Spottmöwen stießen ihr schauerlich gellendes Lachen aus, und dazwischen rollte das Gedonner der hochgehenden See, die ihre langen Riesenwellen an den eisumstarrten Sandbänken zerschlug.

Da fühlten die Verunglückten zwei, drei heftige Stöße, als bäume sich die vom Sturme wild geschüttelte Erde unter dem Meere. Die Festlandsfriesen stürzten bei diesen furchtbaren Stößen nieder und verwundeten sich an den scharfen Kanten des Eises.

»Wir sind gestrandet«, sagte düster Taken Mannis.

»Gestrandet vor Kapitäns Knob!« ergänzte noch düsterer sein Bruder Jens.

Wieder bewegte sich das Eisfeld, eine neue Flutwoge hob es empor, dann stürzte es mit seiner ganzen furchtbaren Schwere zurück auf den unsichtbaren Sand und ging mitten auseinander.

»Um Mitternacht hat uns die See verschlungen«, sprach Taken gelassen. »Dann ist Hochwasser und unser zerbrechliches Eiswrack zersplittert in tausend Stücke.«

Die Langenesser luden stumm ihre Büchsen, und während Woge nach Woge das Eiswrack hob und senkte, der zum Sturme angeschwollene Wind Schauer von Schnee und Hagel auf die Verlassenen herabschüttete, die Wellen Stück nach Stück von dem Eisfelde abbröckelten und die Brandung ihren Gischt weiter und immer weiter an den scharfen Wänden heraufspritzte, krachte Schuß auf Schuß in die Nacht hinein, bis der letzte Rest des Pulvers erfolglos verbraucht war.

Gegen Mitternacht zerbrach das Eis abermals. Die Hochflut machte die einzelnen Schollen wieder flott, und unter dem bleichen Zwielicht, welches der von Wolken umhüllte Mond über die wilde Szene verbreitete, trieben die Unglücklichen, auf drei mächtige Schollen verteilt, in die rasende Nordsee hinaus.

8 Nicol Mannis in der Sturmnacht

Auf den Halligen beobachtete man das rasche Umspringen des Windes und die gleichzeitig eintretende Veränderung der Luft nicht ohne Besorgnis. Vielfache Erfahrungen lehrten, daß stürmisches Wetter in solcher Jahreszeit alle Berechnungen der Vorsicht zuschanden macht. Die Zeit des Vollmondes führt jedesmal ein höheres Anschwellen der Flut herbei, jene rätselhafte Erscheinung, welche die Küstenbewohner Springflut nennen. Gesellt sich dann noch ein Sturm von längerer Dauer hinzu, so erreicht das Meer oft eine unglaubliche Höhe und schlägt mit verzehnfachter Gewalt gegen alle von Menschenhand zum Schutz gegen die Verwüstungen empörter Wogen aufgeführten Bollwerke.

Nicol Mannis hatte eine Wetterveränderung erwartet, dennoch aber überraschte auch ihn der so frühe Eintritt derselben. Er beobachtete von seiner Warft aus mit großem Interesse die Verwandlungen in der Atmosphäre. Alle Zeichen verkündigten einen heftigen Sturm. Dies veranlaßte ihn, sein Haus zu ordnen und gewissermaßen in Verteidigungsstand zu setzen. Alle Sachen von Wert, seltene Kostbarkeiten, die er sich während seiner Seefahrten unter fremden Völkern auf der andern Erdhälfte erworben hatte, wurden auf den Boden des Hauses geschafft und hier in starke Kisten verpackt, die mit Eisenklammern an die gewaltigen Balken befestigt waren, welche die eigentlichen Grundpfeiler des Hauses bilden, da sie durch die Erdmasse der Warft in den Grund der Hallig gleichsam festgenagelt sind. Einmal schon hatte der alte Kapitän es erlebt, daß die Warft fast ganz von den Wogen zerschlagen wurde und von dem Hause, das auf ihr ruhte, nur der Dachraum übrig blieb.

Frau Ellen, seine Tochter Karen und die zwei jungen Mädchen vom Festlande, ihre weitläufigen Verwandten, waren dem vorsichtigen Manne dabei eifrig zur Hand. Den Fremden machte dies Schaffen und Sorgen sogar Vergnügen. Sie bekamen dabei das Heiratsgut Karens, einen Schatz ausgezeichneter Leinewand, zu sehen und konnten dasselbe mit ihrer eigenen dereinstigen Aussteuer vergleichen, die, nach friesischer Sitte schon längst in schön gemalten Koffern wohl verpackt, in ihren Kammern stand. Vor einer wirklichen Gefahr, die augenblicklich noch nirgends zu bemerken war, bangte den fröhlichen Kindern nicht. Die ernste Miene Nicols nahmen sie für allzu große Bedenklichkeit des Alters. Erst nachdem alles geordnet und auch die Bänder der beweglichen Treppe, welche aus der Hausflur nach dem Boden geleitete, gelockert worden waren, brach Mannis sein bisher beobachtetes Schweigen.

»In wenigen Stunden schon wird die Flut das Eis brechen«, sprach er. »Dann treibt es der Sturm über die Halligen und wirft es an unsere Warften, daß alle Nägel im ganzen Hause zittern. Mir ist's nur lieb, daß der Sturm vor dem Vollmonde rast, das schützt uns wenigstens vor einer Sturmspringflut.«

Mannis ließ nur seine weiblichen Hausgenossen gewähren. Er verwandte kein Auge mehr von dem immer dunkler sich färbenden Himmel. Das ruhelose Hin- und Herfliegen der Windfahne war sein zweites Augenmerk. Die Unruhe gefiel ihm nicht. Er schüttelte wiederholt den Kopf und sah durchs Fernrohr. Es war jedoch wenig, in größerer Ferne gar nichts zu erkennen. Der bereits heftig wehende Nordwind trieb Schnee und Eisnebel vor sich her und hüllte alles in trübe, kalte Schleier.

Von seinen Söhnen und ihren Begleitern sprach Nicol nicht. Ellen nur erwähnte ihrer, als sie Licht anzündete und das Gekrach des Eises sich bereits mit dem Pfeifen des Nordweststurmes mischte. Oft klang es, als rolle der Widerhall eines Kanonenschusses von dem brüllenden Meere herein.

»Die sind geborgen«, versetzte er mit Zuversicht. »Sie werden auf Föhr oder Amrum, wo sie nun eben sein mögen, ganz ruhig das Unwetter abwarten. Es ist aber leicht möglich, daß sie viel später zurückkommen, als sie ursprünglich beabsichtigten. Denn wenn starkes Tauwetter eintritt und alles rund um die Inseln von Sturm und Flut zertrümmert wird, ist die Binnensee kaum vor ein paar Wochen in einem starken Boote zu befahren. Werdet euch also ein paar Tage länger bei mir gedulden müssen.«

Den Mädchen leuchtete dies ein. Sie blieben heiter und gesprächig, und die Windstöße, welche wiederholt an den Wänden des Hauses rüttelten, beunruhigten sie ebensowenig als das Dröhnen berstender Schollen und der Schwall der Wogen, der schon ein paar Stunden nach Sonnenuntergang den Fuß der Warft umspülte und eine Mauer dicken Eises um sie aufhäufte.

Zu gewohnter Stunde begaben sich alle zur Ruhe. Nicol Mannis aber konnte nicht schlafen. Die Warft und das Haus zitterten unter den Umarmungen des Sturmes und den Flutwogen der See, als bebe fortwährend die Erde. Das entsetzliche Krachen nahm gar kein Ende, es wurde eher von Stunde zu Stunde heftiger. Hagel und Regen schlugen prasselnd an die Fensterladen und durch alle, auch die feinsten Ritzen, rieselte Wasser. Verstummte auf Augenblicke das Heulen des Sturmes, dann klang noch viel schauerlicher das Gebrüll der See durch die wüste Nacht.

Mit geschlossenen Augen lag Nicol auf seinem Lager. Die weißen Vorhänge waren zugezogen, und ohne die Aufregung in der Natur würde der bejahrte Seemann sich so sicher geglaubt haben, wie der Städter in seiner rings umschlossenen, von unübersteiglichen Mauern umgebenen Wohnung.

Es kam ihm vor, als funkele dann und wann etwas Helles vor seinen Augen. Öffnete er dann die schweren Lider, so sah er nichts als den dämmernden Schimmer der Vollmondsnacht, die durch die Ritzen der Böden brach. Indes wiederholte sich dies zuckende Aufflammen mehrmals, der Sturm wuchs, alle Balken im Hause ächzten. Nicol stand auf, kleidete sich schnell an und versuchte die äußere Tür zu öffnen.

Ein Strom weicher, fast warmer Luft wehte ihm entgegen. Der Wind war ganz nach Westen gelaufen und trieb jetzt berghohe Wogen gegen die Inseln und Küsten, auf deren rollenden Kämmen weiße Eisblöcke wie Marmorsteine blinkten.

Im Zenit schimmerten die Sterne, um den Mond standen Wolkenmassen von Silber umsäumt, die sein Licht beträchtlich abdämpften. Gegen Westen türmten sich schwarze Wetterwolken empor, aus deren Schoße oft grellrote Blitze brachen und als feurige Schlangen in die schäumenden Wellen untertauchten. Ob diese Blitze von Donnerschlägen begleitet waren, ließ sich nicht unterscheiden, da Wind, Flut und zerberstendes Eis ein fortwährendes Donnern und heulendes Sausen erzeugten.

Noch hatte der Sturm nicht seine größte Höhe erreicht, dem alten Seemann aber sagte die Richtung, aus der er wehte, daß er sich bald legen werde. Umlaufende Stürme pflegen nicht von langer Dauer zu sein.

Nicol suchte eine Stelle zu gewinnen, wo die Windsbraut ihn nicht zu sehr beunruhigte. Hier hielt er sich fest und ließ seine noch scharfen Augen, die des Nachts fast ebensogut sahen wie am Tage, über das wild schäumende Meer mit seinem Chaos zerborstener und fortwährend donnernd gegeneinander prasselnder Eisschollen schweifen.

Auf allen nicht zu fern gelegenen Warften bemerkte er Licht, ein Zeichen, daß ihre Bewohner sich weniger sicher wähnten als er selbst mit seinen Angehörigen. Der Windmühle, unfern der Kirche, hatte der Sturm ein paar Flügel geraubt, auch schien es ihm, als sei das Dach auf Eike Woegens Warft stark beschädigt.

Gern wäre er dem Nachbar, der ganz allein mit einer schwächlichen Tochter in seinem Hause lebte, zu Hülfe geeilt. Das war jedoch vorläufig unmöglich; denn nicht nur brauste das Meer sechs bis sieben Fuß hoch über die Hallig fort, es rollten auf den grauschwarzen Wogen auch noch zahllose Schollen schweren kantigen Eises, die selbst das stärkste Fahrzeug wie Glas zermalmt haben würden.

So stand Nicol Mannis lange. Erst als er die Gewißheit erlangt hatte, daß sein Besitztum diesmal nicht gefährdet werde, zog er sich wieder zurück in den Schutz des Hauses. Das Gewitter näherte sich nicht. Es strich unter außerordentlich heftigem Wetterleuchten mit dem Winde mehr südwestwärts.

In der dritten Morgenstunde brach der Mond in hellem Glanze durch das Gewölk. Die Luft ward bald darauf stiller und als Nicol zum zweiten Male in dieser Nacht sein Lager aufsuchte, hörte er an dem gleichmäßigen Rauschen der Wogen und dem monotonen Anschlage derselben gegen den festen Hügel der Warft, daß die Gefahr vollständig vorüber sei.

9 Am Strand von Hooge

Bei Anbruch des Tages ward es auf allen Halligen lebendig. Noch ging die See hoch und rollte in langen, breiten Wellen über die niedrigen, schutzlosen Erdscheiben. Die Flut war aber bereits machtlos geworden, und man durfte hoffen, daß mit der Tiefebbe alles Land größtenteils wieder frei von Salzwasser sein werde.

Die Westsee selbst bot einen merkwürdigen Anblick dar. Das Bild einer großartigen Naturverheerung lag in unabsehbarer Ausdehnung vor aller Augen. Die Halligen waren mit unzähligen Eisblöcken besät, die bald zerstreut und vereinzelt sich zeigten, bald hoch übereinandergeschoben zu phantastischen Massen sich emportürmten. Jede Warft umstarrte ein mächtiger Wall blaugrünen Eises. Da, wo der Flutstrom mit größerer Gewalt gegen die künstlich aufgeführten Erdhügel angeprallt war, zeigten sich diese unterhöhlt, manche sogar halb zertrümmert. Indes war doch keine Wohnung ganz zerstört oder vom Sturme umgeweht worden.

Noch chaotischer stellte sich das Binnenmeer dem Auge dar. Die Sturmflut hatte alle Wasserstraßen zwischen den Watten gefüllt, überall das Eis gebrochen, es hüben und drüben auf den seichteren Stellen angehäuft und die auf den tieferen Strömungen treibenden Schollen mit der Ebbe der offenen See zugeführt. Das ganze Binnenmeer schien mit erratischen Blöcken funkelnden Gesteins besät zu sein.

Der alte Mannis war einer der ersten, die von ihrer Warft herabstiegen, um die etwaigen Verwüstungen von Wind und Flut in Augenschein zu nehmen. Sein erster Gang galt dem Vater Geikes, den er schon beschäftigt fand, das stark beschädigte Dach seines Wohnhauses auszubessern. Als guter Nachbar legte Nicol sogleich selbst Hand an. So gelang es den beiden Männern, noch vor Abend den angerichteten Schaden notdürftig wiederherzustellen.

Der abwesenden jungen Männer ward nicht gedacht. Erst abends warf eins der Mädchen die Frage hin, wie lange dieselben wohl noch ausbleiben könnten.

»Das hängt von Umständen ab«, erwiderte Nicol vollkommen ruhig. »Bleibt die Luft mild wie heute, so wird die Binnensee bald fahrbar sein. In diesem Falle, der mir wahrscheinlich dünkt, dürfen wir sie in zwei, spätestens in drei Tagen erwarten.«

Wirklich blieb auch das Wetter mild. Die Luft war weich wie im April, der Himmel unbewölkt. Es trat fast gänzliche Windstille ein, so daß das Meer sich beruhigte und keine andere Bewegung, als die von Flut und Ebbe herrührende, zeigte. Die jungen Männer kamen aber nicht zurück.

Karens Unruhe steigerte sich zur Sorge, sie wagte aber nicht, dem Vater ihre Befürchtungen mitzuteilen, da dieser selbst von trüben Gedanken gequält zu werden schien.

Als auch der dritte Tag verging und keiner der jungen Männer sich blicken ließ, machte Nicol seine Sloop segelfertig.

»Was hast du vor?« fragte Ellen.

»Segeln will ich und mich umschauen, ob irgendwo einer verunglückt ist.«

»Unsere Söhne!« rief mit tränenerfüllten Augen die geängstigte Mutter.

»Darf ich dich begleiten?« fragte Karen, die mit Mühe eine Ruhe erheuchelte, von der ihr gequältes Herz nichts wußte.

»Darfst.«

»Und wir, Vetter Nicol?« fragten die Mädchen vom Festlande.

»Ihr bleibt ruhig auf der Warft, bis wir wiederkommen.«

»Wie lange gedenkst du fortzubleiben?« warf Ellen hin.

»Weiß ich nicht.«

»Und wohin willst du segeln?«

Mannis deutete mit vielsagendem Blicke nach Norden.

Die Zurückbleibenden gaben Vater und Tochter das Geleit bis an den Strand. Mannis hißte die Segel auf, drehte ab und fuhr mit stummem Abschiedsgruße hinaus in die Wattensee.

Sein Ziel war Amrum. Er erreichte die Insel nach einigen Stunden. Unterwegs entging seinem scharfen Auge nichts, was ihn interessierte. Namentlich achtete er auf die zusammengeschobenen

Schollen, die hie und da auf den Sanden festsaßen, und von der jetzt nur schwachen Flutwoge noch nicht überall zerstört waren. Trümmer eines zerschellten Fahrzeuges, die nach vorangegegangenem Sturme ein paar Tage später von den Wellen gewöhnlich ans Land gespült werden, begegneten dem alten Halligmann nicht.

In der Ortschaft Nebel auf Amrum fand Nicol die ersten Spuren der Vermißten. Hier erfuhr er auch, daß die Gesellschaft aus zehn kräftigen Männern bestanden hatte, von denen vier mit Büchsen bewaffnet gewesen waren. Am Morgen nach der Sturmnacht fanden auslugende Schiffer einen getöteten Seehund am Fuße der Dünen. Die Amrumer nahmen deshalb an, daß die Jäger, deren Abzug nach den Dünen kein Geheimnis geblieben war, ihre Beute beim Ausbruch des Unwetters aufgegeben und sich nach Süd- oder Norddorf zurückgezogen hätten.

Mannis machte sich ungesäumt mit seiner Tochter auf den Weg, um die bereits entdeckten Spuren seiner Söhne und ihrer Begleiter weiterzuverfolgen. Er durchwanderte die ganze Insel, erkundigte sich überall nach den Verschwundenen, erhielt aber nirgends eine beruhigende Antwort. Weder im Süden noch im Norden waren die jungen Männer gesehen worden.

Eine große Niedergeschlagenheit bemächtigte sich jetzt des alten Seemannes, doch sprach er seinen Schmerz nicht in Worten aus. Er hatte zu viel Furchtbares erlebt auf seinen Reisen, um sich selbst von dem entsetzlichsten Unglücke ganz niederbeugen zu lassen. Am meisten schmerzten ihn die Klagen Karens, die sich gar nicht mehr zu fassen wußte.

Mannis blieb eine Nacht auf Amrum. Am andern Morgen segelte er nach Föhr, um auch dort seine Nachforschungen wieder aufzunehmen. Der Erfolg war kein glücklicherer.

»Nun ist es Zeit, heimzukehren«, sprach er darauf entschlossen zu seiner Tochter. »Man wird uns daheim alsbald brauchen.«

Ruhig und kalt lichtete er wieder den Anker und steuerte westwärts in die Norderaue. Bei Seesand-Street bog er in die Süderaue ein und hielt gerade auf Knudshörn, um mit auflaufendes Flut das Jap zu gewinnen.

Über Heverknobs Westbrandung stieg eine Wolke schreiender Seevögel auf und nieder; eine zweite, noch dichtere gewahrte Mannis weiter südlich auf Baksand, er schenkte diesen Vogelgeschwadern aber keine große Aufmerksamkeit, da es täglich vorkommende Erscheinungen über Untiefen sind, wo das Meer eine Menge Fischleiber und toter Schaltiere auswirft, welche den Seevögeln zur Nahrung dienen

Die Sonne übergoß die Warften mit purpurner Glut, als Hooge nur noch ein paar Büchsenschüsse weit von der schnellsegelnden Sloop Mannis' entfernt lag. Rechts von dem Schlütt gewahrte der alte Kapitän einen Menschentrupp, zu zwei Dritteilen aus Frauen bestehend. Auch Karen fiel diese Versammlung der Halligbewohner auf, weshalb sie fragend die Worte an den Vater richtete: »Was kann es dort geben?«

Nicol stand aufrecht am Steuer und sah unverwandt nach dem Strande. Seine Sloop war allen auf Hooge bekannt, und ehe das Fahrzeug noch anlegen konnte, näherten sich schon mehrere dem Landungsplatze. Mannis erkannte unter diesen auch den Pfarrer.

»Ich weiß schon, was ihr bringt«, rief er jetzt mit gepreßter Stimme vom Schiffe aus den tiefernsten Männern zu. »Ihr habt gefunden, was ich vergebens suchte. Von dorther, wo die andern stehen, sah ich den Leichenzug quer über die Hallig sich fortbewegen, und von Heverknobs Sand her strich er feierlich ernst über die Süderaue.«

Das Wort des alten Mannes erregte bei niemand Anstoß. Es widersprach ihm keiner, der Geistliche aber reichte ihm die Hand, bot dann dem jungen Mädchen, das sich an ihn schmiegte, den Arm, und so schritt der ganze Trupp der Stelle zu, wo noch immer mehr Halligbewohner sich einfanden.

Die letzte Flut hatte hier vier Leichen ans Land gespült. Unter diesen befand sich Jens Mannis und der übermütige Vetter Hendry aus Bredstedt. Die andern beiden waren zwei Langenesser. Über das Schicksal der noch übrigen konnte sich der unglückliche Halligmann keine Illusionen mehr machen.

»Sie sind alle ein Opfer des Sturmes geworden«, sagte er gefaßt. »Es war unrecht von mir, daß ich sie nicht mit Gewalt zurückhielt. Hörte doch Jens zuerst die Geisterglocken von Rungholt läuten!«

Ellen war von dem Geschehenen bereits unterrichtet. Sie begrüßte die Heimkehrenden stumm, aber herzlich. Bald darauf brachte man die Leichen Jens' und Hendrys. Nicol ließ sie auf die Diele nebeneinander betten.

Mit der nächsten Flut trieben noch vier der Vermißten teils auf Nordmarsch, teils auf Südfall an, die dritte Flut warf den neunten abermals an Hooges Strand. Nur Takens Körper fand man nicht auf.

»Sein Leib wird dem Meere verbleiben«, sprach Nicol.

Er traf Anstalten, die Toten bestatten zu lassen.

Zu diesem Leichenbegängnis trafen von allen Halligen teilnehmende Männer und Frauen auf Hooge ein. Es war ein langer, düsterer Leichenzug, der sich im matten Schein der Wintersonne über die öde Hallig fortbewegte nach dem kleinen Friedhofe, wo die Verunglückten in eine weite gemeinsame Gruft gesenkt wurden. Diese Feierlichkeit war eben beendigt, als unter den zahlreich Versammelten eine Bewegung entstand.

»Ein Schiff! Ein Schiff von Nordstrand!« rief laut eine Stimme. »Er ist gerettet, durch ein Wunder gerettet!«

Die Menge teilte sich, und auf zwei starke Männer in Schifferkleidung gelehnt, bleich, mit verstörten Zügen und kaum wiederzuerkennen, schwankte Taken auf den gebrochenen Vater zu, der, keines Wortes mächtig, den Sohn in seine geöffneten Arme schloß und dann laut schluchzend mit ihm auf den frischen Erdhügel, der sich über den Särgen der eben Beerdigten wölbte, niedersank.

Unter Ellens und seiner Schwester Pflege erholte sich Taken bald so weit, daß er die näheren Umstände seiner Rettung mitteilen konnte.

Vom Sturm erfaßt, war das ins Treiben geratene Eisfeld am äußersten Rande jenes hohen Sandes, welchen die Schiffer Kapitäns-Knob nennen, und der an der Mündung der Reutertiefe im Westen Amrums liegt, geborsten. Das wilde Sturmwetter jagte die nunmehr geteilten Schollen seewärts. Bald verloren sich die Getrennten gänzlich aus dem Gesicht. Taken mit zwei der büchsenbewaffneten Langenesser hatte der Zufall auf die kleinere, aber sehr feste Scholle geworfen. Die dem Tode Geweihten trieben, von mancher Woge überschüttet, immer nach Süden. Hier gerieten sie in eine Wetterwolke, die unter Blitz, Donner und Hagel über sie fortbrauste. Eine Woge überstürzte die Scholle und spülte die Langenesser in die Tiefe. Taken sah sich allein. Mit der Riesenkraft der Verzweiflung klammerte er sich fest an das Eis, bis schauernde Kälte ihn durchrieselte und er, von nagendem Hunger gepeinigt, mit erstarrten Gliedern besinnungslos niedersank.

Als er wieder zu sich kam, lag er in einem Schifferkahne. Eine mitleidige Woge hatte ihn auf den Strand von Süderoog geworfen, wo Schiffer, die hier Schutz vor dem wilden Sturmwetter gesucht und gefunden, ihn entdeckten.

Anfangs hielten die wackern Männer ihn für tot. Bald aber bemerkten sie, daß noch Leben in ihm sei, und ihren unablässigen Bemühungen gelang es, den schon dem Tode Geweihten wieder ins Leben zurückzurufen.

Es waren Männer von Nordstrand. Dahin brachten sie zuerst ihren Findling. Dieser aber, kaum soweit erstarkt, daß er sich wieder regen konnte, hatte keine Ruhe bei seinen braven Rettern. Ihn verlangte zurück nach Hooge, um zu erfahren, ob die Kunde des Geschehenen bereits bis in das Haus seiner Eltern gedrungen sei. Unter dem Geläut der Glocken, die über dem Grabe seines Bruders, seiner Verwandten und Freunde verhallten, betrat er, der einzige Überlebende, die Hallig.

Der Seemann von echtem Schrot und Korn ist ebenso fromm als abergläubisch. Wie Nicol Mannis fest überzeugt war, daß das schattenhafte Schiff, welches seine Kinder unfern der Insel Amrum im vergangenen Herbst an sich hatten vorüberstreichen sehen, ein Zeichen gewesen sei, das ihnen in jener Gegend Unglück prophezeihe; wie er tags darauf mit eigenen Augen einen Leichenzug mit großer Begleitung von der Süderaue über das Jap nach Hooge durch den Nebeldunst des Abends gleiten sah und darin einen Wink erblickte, daß viele Halligleute ihren Tod in den Wellen finden würden, so von Herzen froh und dankbar war jetzt der alte Mann, daß Gott doch nur einen Sohn von ihm gefordert hatte.

Ellen war schwerer zu beruhigen. Sie machte sich im stillen Vorwürfe über ihren Unglauben und zieh sich unnützerweise eines Leichtsinnes, den sie in der Tat gar nicht besaß. Es bedurfte langer Zeit, ehe die gebeugte Frau ihre frühere geistige Elastizität wiedergewann.

Im Frühjahr kehrte Geike Woegens glücklich von seiner Reise zurück. Er betrauerte tief und wahr das Unglück, das sich während seiner Abwesenheit zugetragen hatte, und führte ein paar Monate später die sinnig-ernste Karen als Gattin heim.

Die in der wilden Sturmnacht Umgekommenen zeigten sich niemand als Wiedergänger. Der Friedensklang der Kirchenglocken auf Hooge, Langeneß und in Bredstedt hatte sie für immer sanft ins Grab gebettet.

 tredition®

Über tredition

Eigenes Buch veröffentlichen

tredition wurde 2006 in Hamburg gegründet und hat seither mehrere tausend Buchtitel veröffentlicht. Autoren veröffentlichen in wenigen leichten Schritten gedruckte Bücher, e-Books und audio-Books. tredition hat das Ziel, die beste und fairste Veröffentlichungsmöglichkeit für Autoren zu bieten.

tredition wurde mit der Erkenntnis gegründet, dass nur etwa jedes 200. bei Verlagen eingereichte Manuskript veröffentlicht wird. Dabei hat jedes Buch seinen Markt, also seine Leser. tredition sorgt dafür, dass für jedes Buch die Leserschaft auch erreicht wird.

Im einzigartigen Literatur-Netzwerk von tredition bieten zahlreiche Literatur-Partner (das sind Lektoren, Übersetzer, Hörbuchsprecher und Illustratoren) ihre Dienstleistung an, um Manuskripte zu verbessern oder die Vielfalt zu erhöhen. Autoren vereinbaren direkt mit den Literatur-Partnern die Konditionen ihrer Zusammenarbeit und partizipieren gemeinsam am Erfolg des Buches.

Das gesamte Verlagsprogramm von tredition ist bei allen stationären Buchhandlungen und Online-Buchhändlern wie z. B. Amazon erhältlich. e-Books stehen bei den führenden Online-Portalen (z. B. iBookstore von Apple oder Kindle von Amazon) zum Verkauf.

Einfach leicht ein Buch veröffentlichen: **www.tredition.de**

Eigene Buchreihe oder eigenen Verlag gründen

Seit 2009 bietet tredition sein Verlagskonzept auch als sogenanntes "White-Label" an. Das bedeutet, dass andere Unternehmen, Institutionen und Personen risikofrei und unkompliziert selbst zum Herausgeber von Büchern und Buchreihen unter eigener Marke werden können. tredition übernimmt dabei das komplette Herstellungs- und Distributionsrisiko.

Zahlreiche Zeitschriften-, Zeitungs- und Buchverlage, Universitäten, Forschungseinrichtungen u.v.m. nutzen diese Dienstleistung von tredition, um unter eigener Marke ohne Risiko Bücher zu verlegen.

Alle Informationen im Internet: **www.tredition.de/fuer-verlage**

tredition wurde mit mehreren Innovationspreisen ausgezeichnet, u. a. mit dem Webfuture Award und dem Innovationspreis der Buch Digitale.

tredition ist Mitglied im Börsenverein des Deutschen Buchhandels.

Dieses Werk elektronisch lesen

Dieses Werk ist Teil der Gutenberg-DE Edition DVD. Diese enthält das komplette Archiv des Projekt Gutenberg-DE. Die DVD ist im Internet erhältlich auf **http://gutenbergshop.abc.de**

FSC
www.fsc.org

MIX

Papier | Fördert
gute Waldnutzung

FSC® C083411

Zeitfracht Medien GmbH
Ferdinand-Jühlke-Straße 7
99095 Erfurt, Deutschland
produktsicherheit@kolibri360.de